COLLECTION FOLIO

Pascal Quignard

Rhétorique spéculative

Gallimard

Pascal Quignard est né en 1948 à Verneuil (France). Il vit à Paris. Il est l'auteur de six romans et de nombreux petits traités où la fiction est mêlée à la réflexion.

TABLE DES TRAITÉS

PREMIER TRAITÉ

Fronton

J'appelle rhétorique spéculative la tradition lettrée antiphilosophique qui court sur toute l'histoire occidentale dès l'invention de la philosophie. J'en date l'avènement théorique, à Rome, en 139. Le théoricien en fut Fronton.

Fronton écrit à Marcus : « Il se trouve que le philosophe peut être imposteur et que l'amateur des lettres ne peut l'être. Le littéraire est chaque mot. D'autre part, son investigation propre est plus profonde à cause de l'image. » L'art des images — que l'empereur Marc Aurèle nomme, en grec, icônes tandis que son maître, Fronton, les nomme le plus souvent, en latin, images ou, à quelques reprises, en grec philosophique, métaphores — à la fois parvient à désassocier la convention dans chaque langue et permet de réassocier le langage au fond de la nature. Fronton affirme que l'art des images est dans le langage comparable au sommeil par le rôle qu'il joue dans l'activité diurne. Marcus écrit que le monde dans le temps est un torrent gonflé par un orage qui s'emporte lui-même et qui emporte tout. La pluie des êtres ne s'interrompt pas. Tout dévale dans la nuit. Quelques fantasmes forment les ligatures, laçant des simulacres, des *schèmata,* qui réagissent entre eux. Les corps de la nature sont eux-mêmes des *schèmata,* des images. Cueillir, rassembler, lier se dit en grec *legein.* Le lien, tel est le *logos,* le langage. La ligature magique se dit en grec *katadesis,* en latin *defixio.* L'analyse *(analysis)* c'est délier. *Religio* ramasse la ligature magique, les faisceaux, tout ce qui lie par excellence : généalogie familiale, liens de parenté, société. La poésie, ce sont les mots liés entre eux. *Oratio* est la langue littéraire. Fronton affirme que les arguments que peuvent articuler les philosophes ne sont que des claquements de langue parce qu'ils démontrent sans images : « S'il fait jour, alors il y a de la lumière. » Le rhéteur ne démontre jamais : il montre, et ce qu'il montre est la fenêtre ouverte. Il sait que le langage ouvre la fenêtre, parce que l'*oratio* donne à chaque époque sa lumière de la même façon que la nuit donne le jour.

*

Le choix des mots consiste en *optio* et *electio.* L'écrivain est celui qui choisit son langage et n'en est pas dominé. Il est le contraire de l'enfant. Il ne mendie pas ce qui le domine : il travaille à ce qui le libère. Sa bouche n'est plus un simple sentiment : c'est un culte. Il s'approche des dieux qui parlent. Minerva *(orationis magistra)*, Mercurius *(nuntiis praeditus)*, Apollo *(auctor)*, Liber *(cognitor)* et les faunes *(vaticinantium incitatores)* sont les seigneurs des paroles.

« Si studium philosophiae in rebus esset solis occupatum, minus mirarer quod tanto opere verba contemneres », écrit Fronto à Marcus. (Si l'étude de la philosophie n'avait à s'occuper que des choses seules, je m'étonnerais moins de te voir mépriser si fort les mots.) Mais les philosophes parlent et dans leur recherche oublient la source de leur oraison, laissent sur le bord du chemin sa

matière, obscurcissent et empêtrent l'élan murmurant qui sous-tend leur tardive spécialisation. La philosophie s'en tient aux étants et son inquisition ne prend pas en compte, en se déployant, en la divisant, la rhétorique fondamentale dont elle n'est qu'une branche. Les images ne cessent de surgir au sein des *litterae* tandis que le *sermo* des philosophes s'emploie à les écarter. « C'est comme si en nageant *(in natando)* tu préférais pour modèle au dauphin la grenouille *(ranam potius quam delphinos aemulari)*. La philosophie n'est qu'une rouille *(robignoso)* sur le glaive *(gladio)*. C'est comme si, moi, je n'étais pas Fronton mais Sénèque — ne se lasse pas de répéter le rhéteur impérial — et comme si, toi, tu n'étais pas Marcus Aurelius mais Claudius Nero. C'est comme si tu préférais à la majesté de l'aigle *(aquila)* les courtes plumes de la caille *(coturnicum pinnis breviculis)*. Ne préfère pas la trêve au combat. Combats avec le langage dont il te faut dérouiller jour après jour la lame, pour la faire resplendir. »

*

La tradition d'une pensée pour laquelle tout le langage, le tout du langage, est l'instrument fouisseur, aussi bien le *stilus* que la *pinna* (c'est-à-dire aussi bien le *stilus*-épée que la *pinna*-flèche de l'arc), est antérieure à la métaphysique. Je ne me propose en aucun cas d'étudier les œuvres aussi somptueuses qu'anciennes, sanskrites, mésopotamiennes, chinoises, égyptiennes, bibliques, présocratiques, qui précédèrent la philosophie. De la tradition occidentale que je cherche à exhumer, consciente de sa rébellion devant l'invention de la philosophie, non seulement antimétaphysique mais résolument antiphilosophique, Fronton ne fut certainement pas l'initiateur. Cornelius Fronto est le premier à confesser lui-même, à deux reprises, avoir hérité sa pensée de celle d'Athenodotus, qui lui-même disait l'avoir héritée de Musonius. Mais les pages de Fronton que je viens de citer sont la première déclaration de guerre que je connaisse manifestant avec clarté l'existence d'une opposition irréconciliable à l'encontre de la tradition philosophique. Elle administre la preuve de la réalité et de l'obstination d'un courant plus ancien, autonome, irréductible, offrant une véritable alternative à la classe lettrée devant l'expansion brutale, envahissant toutes les grandes cités méditerranéennes, de la formalisation et de la hiérarchisation obsessionnelle, raisonnable et terrifiée de la métaphysique des Grecs. Nous n'avons pas besoin d'aller nous adresser à l'Orient, au taoïsme chinois, au bouddhisme zen pour penser à plus de profondeur ou pour nous défaire des apories de la métaphysique des Grecs puis de la théologie des chrétiens, enfin du nihilisme des Modernes : une tradition constante, oubliée, marginale parce que intrépide, persécutée parce que récalcitrante, nous porte dans notre propre tradition, venant du fond des âges, précédant la métaphysique, la récusant une fois qu'elle se fut constituée.

*

Je pense à ma faim : il n'est pas de faim qui s'assouvisse et perde au cours du jour le désir de dévorer encore. J'ai trop lu pour ne pas être insatiable. J'ai trop lu pour que je désespère subitement que la pensée aille plus avant que la convention de chaque époque et le dédain de tout. Je n'ai jamais jugé non plus qu'elle se bornât dans le simple miroitement narcissique des mots dans le langage. Le langage n'est pas apathique, impersonnel, ni instrumental, ni anhistorique, ni divin. Je pense ceci : la faim de la pensée n'est pas rassasiée. Je pense que la haine de la pensée — que la pensée de ce temps après les raz de marée idéologique, humanitaire, religieux qui cherchent à voiler et à revêtir l'horreur hurlante de ce temps — commence à affamer la tête. Je sens l'essor d'une curiosité enfin réadressée à quelque chose qui lui est inconnu.

*

Le 7 mars 161, l'empereur Antonin le Pieux mourut dans sa maison de campagne, à douze milles de Rome, à Lorium. Il mourut en trois jours. Aussitôt le Tibre déborda. Sous la force de l'eau, les quais, les pontons, les maisons des quartiers du Vélabre et du Grand Cirque s'écroulèrent. La remontée du fleuve par la batellerie du blé étant interrompue, une effroyable famine s'ensuivit. Alors, Marcus succéda à Antonin le Pieux, prenant le nom de Marcus Aurelius Antoninus.

Marcus était né le 26 avril 121, à Rome, sur le Caelius. En 145, il avait épousé Annia Galeria Faustina, âgée de treize ans, dont il eut treize enfants. Il mourut en cessant de s'alimenter le 17 mars 180. Il se couvrit la tête pour qu'on ne vît plus son visage. Son fils Commode lui succéda.

Marcus Cornelius Fronto naquit en 104, à Cirta, sur la rive d'Afrique. En 136, sous Hadrien, il était avocat à Rome. En 143, sous Antonin, il devint consul. Il mourut de la goutte à la fin des années 160. C'est vers la même époque que Marc Aurèle commença à écrire ses *Excerpta.* Il quittait son épouse et le cri de ses enfants. Il travaillait dans son lit.

*

L'empereur Marc Aurèle écrit que les craquelures qui se forment sur le pain et qui n'ont pas été voulues par le boulanger attirent sans raison le regard et excitent plus l'appétit que le restant du pain. Les craquelures du pain sont, dit-il, « comme les gueules béantes des fauves » *(chasmata thèriôn).* C'est à tout le moins une image. Toute l'œuvre qu'a laissée Marc Aurèle n'est qu'un recueil d'images et doit être relue à cette lumière. Recueil d'images pour s'associer au fond du monde, c'est-à-dire à l'élan de la *physis* qui le domine. Liste d'images vitales, spéculatives, associatives, c'est-à-dire le contraire d'un maladroit *vade-mecum* de philosophie stoïcienne comme on a prétendu le lire depuis que ces pages désordonnées et écrites en grec ont été redécouvertes par Toxita.

*

L'expression courante « C'est un littéraire » n'est pas une insulte. Elle est dotée de sens. Elle renvoie à une tradition lettrée où la lettre du langage est prise à la *littera*. C'est la violence de la *litteratura*, qui n'est que la violence du langage indéductible. Pour cette tradition de lettrés persécutés et marginaux, la *littera* est l'organe, propre à l'étant homme, à l'intérieur de l'étant monde, d'autre chose que de la particularité et de la psychologie de ces étants qui ne résultent que de la division des *litterae* qui règnent sur eux et les distinguent. Le consommateur, le boucher, le nomothète, le naturaliste, le philosophe, le théologien ne travaillent que sur du langage sacrifié, que sur du postmythique, que sur du *logos* prédécoupé. Ils ne font qu'ordonner dans la peur des effets du langage.

*

Le langage est par lui-même l'investigation. Dans la tradition philosophique, le langage n'est qu'un vestige dont on peut se déprendre, ou qu'on peut corriger, comme le *sôma-sèma,* comme le corps animal devenu tombeau et signe, comme les techniques, comme les arts. Le langage est la seule société de l'homme (babillage, toilettage, famille, généalogie, cité, lois, bavardage, chants, apprentissage, économie, théologie, histoire, amour, roman), et on ne connaît pas d'homme qui s'en soit affranchi. Aussitôt le *logos* fut inaperçu à la *philosophia* dans son déploiement de la même façon que l'air, aux ailes des oiseaux, s'ignore, que l'eau de la rivière, aux poissons, s'ignore, si ce n'est dans la mort au-dessus de la surface de l'eau où ils étouffent, une fois transportés par l'hameçon dans la douceur et la transparence atmosphériques où ils cessent de se mouvoir et s'illuminent.

Le *vestigium*, la semelle, c'est le sens ; c'est l'empreinte ; c'est la foi que le parleur accorde à la signification dans l'urgence de son usage. Or ce n'est en aucun cas le vestige, c'est le corps qui investigue dans le langage. Le corps est *psophos*. Les Grecs anciens distinguaient le chant *(aoidè)*, la voix humaine *(audè)*, le langage aussi bien animal qu'humain *(phônè)* et le son *(phthoggos)*. Aristote distinguait le son *(psophos)* et la voix *(phônè)*. Il écrit dans le *Peri Psychès* : « *Sèmantikos gar dè tis psophos estin hè phônè*... Car la voix est un son chargé de signification. Elle n'est pas une toux. La voix humaine est un souffle *(psychè)* sans lequel la vie est possible. » Aristote explique plus minutieusement, dans la *Poétique*, que la *phônè* est un *psophos* sur lequel est transportée *(metapherein)* la charge d'un signe *(sèma)*. Ainsi, quand une lésion atteint le cerveau temporal, les sons ont beau être perçus, ne s'organisant plus en mots, le langage est perdu. Tout le logos est métaphore, transport, pathos. Tout le logos consiste dans une superposition de trois *metaphora* distinctes : celle qui transporte le signifié *(sèma)* sur le signifiant *(psophos)*, celle qui fait que les sons *(psophos)* émis par la voix humaine *(phônè)* se transportent comme des symboles *(symbola)* sur les passions de l'âme *(pathos)*, enfin celle qui transporte vers une chose un mot qui désigne une autre chose. Telle est la violence propre au logos : la violence décontextualisante du langage. Le langage est le sorcier de la pensée, répètent les sophistes de la Grèce. Le langage est le *vates*, il est l'oracle de l'espèce, reprennent les orateurs de Rome. Par la *metaphora* (le transport), l'être s'arrache à lui-même et se transporte dans l'étant sans jamais en faire son séjour. Jamais le langage ne peut dire directement. Sans qu'il puisse connaître un instant de pause, il se transporte, s'arrache, jaillit, passe. Nous transmettons des mots auxquels le visage est impossible : la révélation ne séjourne pas dans le langage, qui manifeste en se transportant, en se déplaçant, en disparaissant sous des vestiges, en s'enfuyant sans cesse entre les pierres descellées de sa ruine, décontextualisant toute unité. Marcus cite à plusieurs reprises Héraclite. Le fragment XL d'Héraclite d'Éphèse dit : « La nature *(physis)* aime à se cacher *(kryptesthai)*. » Le fragment XVI dit : « Par nature *(physin)* l'homme est dépourvu de langage *(alogos)*. » Le fragment XCIII dit : « Le logos de la transe ni ne dit *(legei)* ni ne cache *(kryptei)* mais fait signe *(sèmainei)*. »

Le fragment XVIII de Hèrakleitos dit : « À ce qui jamais ne se couche *(to mè dynon)* comment pourrait-il échapper ? »

*

Dans la Rome ancienne, la technique de l'image est liée à la peinture des fresques comme la peinture des fresques est liée au culte des morts. On appelait *imago* les têtes des morts placées dans une armoire dans l'atrium sous forme d'empreintes de terre ou de cire. Les techniques de l'image du père mort pour le deuil, du sorcier pour le jeune chasseur qu'il initie, du maître pour le disciple, de la fresque pour la grotte souterraine, antéhistorique, de l'armoire de l'atrium pour la cène familiale sont les mêmes.

De même que les chiens confrontent

des odeurs présentes à des odeurs rémanentes, les hommes confrontent des *visiones* aux *verba*. Plutarque rapporte qu'Héraclite d'Éphèse disait : « Les chiens *(kynes)* grognent contre ce qu'ils n'identifient pas, les âmes *(psychai)* flairent l'invisible *(Hadès)*. » Le mot Hadès dont use Héraclite veut dire en grec ce qui est sans vue *(aidès)*, le lieu où le visible s'éteint, le lieu où les mortels vont après la mort, le dieu qui gouverne leur séjour.

À deux reprises au cours de son règne, l'empereur Marcus témoigna d'un désir presque anachronique, dans la seconde moitié du IIe siècle, pour les anciennes épiphanies d'*imagines* des dieux comme des morts. En 167, après la défaite des Langobards, il restaura durant sept jours l'antique cérémonie du lectisterne : il ordonna que les images des dieux romains fussent installées comme des dîneurs sur des lits et que les principaux citoyens les servissent à table comme si ces statues peintes et dorées étaient des hommes vivants qui banquetaient.

En 175, quand mourut son épouse Faustina à Halala, Marcus prit le décret suivant lequel une image d'or représentant son épouse serait désormais transportée au théâtre, assise à l'endroit où l'impératrice avait coutume de s'asseoir, chaque fois qu'il se rendrait lui-même au spectacle.

Fronto perdit cinq des siens. Il écrit, plongé dans le deuil de son dernier petit-fils : « *Exemplum oris imaginor...* J'imagine la forme de sa bouche ; je crois voir son visage perdu ; le son de sa voix *(sonum vocis)* semble retentir dans mon âme. Ma douleur se plaît dans le développement de cette image *(picturam)*. Mais ignorant *(ignorans)* les traits de celui qui est devenu mort, cette ressemblance conjecturale *(verisimilem conjecto)* me supplicie et m'épuise. »

*

« Va à la source de la philosophie et non à la philosophie, répète Fronto à Marcus. N'égare jamais dans la philosophie le rythme, la voix qui y parle et le *psophos* rémanent et émotif auquel elle emprunte. Repousse ses dissertations bossuées, contournées *(sermones gibberosos, retortos)*. Par le choix des mots, par la nouveauté de l'ancien qui est au fond de l'âme, de l'archaïque qui est au fond de l'élan, en t'abandonnant à l'investigation propre aux images, je t'ai fait pénétrer non seulement dans le pouvoir *(potestas)* mais dans la puissance *(potentia)* du dire *(in dicendo)*. Tu ne peux pas mépriser le langage humain. Tu peux seulement ne pas l'aimer *(Possis sane non amare)*. Tu peux ne pas l'aimer comme Crassus le rire, comme Crassus la lumière du jour, comme Crassus les champs. Mais la haine du langage ne signifie rien pour l'homme qui l'énonce. Qu'un humain haïsse le langage, c'est comme la moisson qui haïrait le flanc de la colline.

« Le pouvoir est langage. Ton pouvoir est langage. Empereur de la Terre, il faut que tu sois empereur du langage, qui est le maître de la Terre. C'est le langage et non le pouvoir en toi qui expédie sans relâche des lettres sur toute la surface de la terre *(per orbem terrae litteras)*, c'est lui qui appelle à comparaître les rois des autres peuples, lui qui édicte les lois, lui qui enchaîne la sédition *(seditiosos compescere)*, lui qui épouvante l'audace *(feroces territare)*. Aucun des précédents empereurs n'a usé de ces tours que les Grecs appellent *schèmata (Nimirum quisquam superiorum imperatorum his figurationibus uteretur, quae Graeci* schèmata *vocant)*. » Fronton fait l'aveu de l'ambition qu'il poursuit : faire de Marc Aurèle le premier empereur possédant tous les mots et tous les *schèmata*, tous les simulacres, toutes les *imagines*, toutes les *formidines (les* épouvantails de plumes rouges utilisées à la chasse à l'épieu, au *stilus*). « *In bello ubi opus sit legionem conscribere non tantum voluntarios legimus...* Les mots sont les soldats de ta guerre. Lorsque tu veux former une légion, on ne peut se contenter d'enrôler des volontaires. Il est hors de question que l'empereur de Rome puisse se trouver dans le cas de figure d'un homme en train de chercher, en plein Sénat, devant les Pères, un nom sur le bout de sa langue, bouche béante, bâillant à attendre qu'un mot pleuve du ciel sur la surface de sa langue comme le palladium *(ut non hiantes oscitantesque expectemus quando verbum ultro in linguam quasi palladium de caelo depluat).* »

*

« *Antea gestum, post relatum, aiunt qui tabulas sedulo conficiunt.* » (Fait d'abord, rapporté ensuite, concluent les teneurs de registre scrupuleux.) Le logos des Grecs, avant d'être celui des philosophes, et même encore du temps du grand Platon, a d'abord été *gestum, gestus,* une main qui prend, et continuera à jamais de l'être. Dieu, le monde, l'empire, ce sont des relatés. Les littéraires ne doivent pas s'identifier au langage *in flore* (les systèmes), ni même au langage *in herba* (la langue vernaculaire), mais au langage *in germine,* à la semence originaire, germinative, à la *littera,* à la substance littérale et pathique du langage, à la chose littéraire : « Fais de la semence germinative qui t'a fait la *praxis* de ta vie. Il y eut d'abord le chant des oiseaux. Ce furent les premières voix qui modulèrent *(modulatae).* Ce n'est qu'ensuite que les pipeaux des bergers apparurent parce qu'ils les imitaient pour en faire des appeaux. Les pipeaux des bergers *(pastores)* ne doivent pas faire oublier le chant des oiseaux au premier temps (au printemps). Lucretius n'est pas grand en ce qu'il "aura été" philosophe, disciple d'Épicure et de Démocrite, il fut grand parce qu'il se souvint des images, des imitations des *pastores,* du langage des antécédents des hommes. Tu ne peux pas te laisser ravir ce qui t'anime (ton *anima*) par des voix secondes et sans force. » La philosophie doit être rejetée parce qu'elle divertit de la prédation propre au langage.

*

Toutes ces lettres de Cornelius Fronto à Marcus Aurelius et, en retour, de Marcus à Fronto, relatent elles-mêmes une crise. Elles signalent l'engouement de Marcus *adolescens* pour la philosophie. Dès l'instant où Fronto entra en concurrence avec deux autres maîtres de Marcus, Apollonios et Quintus Junius Rusticus, sa véhémence devint disproportionnée et presque excessive. Sénèque (précepteur auprès du jeune Nero) est traité par Cornelius Fronto (précepteur auprès du jeune Marcus) d'abord de prestidigitateur d'olives, puis de cloaque. Fronto ajoute enfin : « Il faut arracher jusqu'à l'ultime racine *(radicitus et exradicitus)* les molles et fiévreuses prunes de Seneca *(Senecae mollibus et febriculosis prunuleis).* » La colère de Fronton laissera des traces dans l'âme de l'empereur longtemps après que Marcus Cornelius Fronto sera disparu, les traits de son visage ayant été empreints dans la cire pour en modeler l'*imago*, son corps incinéré. Alors l'empereur continuera ces extractions d'images *(excerpta)*, les affrontera au fantôme de Fronto, les offrira comme des libations à l'*imago* de Fronto mort. Ce sont les *Pensées*, titre récent et absurde. Il faudrait dire les *Excerpta*, les *Extraits*. Ou, mieux encore, selon le terme grec dont use l'empereur, les *Icônes*.

Le titre que porte le manuscrit Toxitanus est encore plus humble, au point d'être vraisemblable : *Choses pour moi-même (Ta eis eauton)*.

Fronton disait qu'il fallait travailler la langue pour être capable d'affronter audacieusement *(audaciter)* les périls des pensées les plus difficiles à admettre, les aphasies que provoquent les expériences les plus douloureuses ou qui sont le plus indomesticables. Il faut suivre sa route avec les rames et les petites voiles *(sipharis et remis tenuisse iter)*, mais, quand la nécessité imprévue survient, être capable de déployer la grande voile du langage et laisser brusquement derrière soi les chaloupes *(lembos)*, les barques des pêcheurs *(celocas)*, la philosophie, l'histoire, les lois, les proverbes, les décrets, le baratin, les coutumes.

*

La lumière, l'air, l'eau, la terre, les végétaux, les animaux, au groupe desquels nous appartenons, sont une étrange disponibilité ancienne limitée dans le temps et l'espace, mais aussi limitée par leurs propriétés respectives. Tous sont donnés sans langage. Tous ne sont pas accompagnés de raisons, qui ne sont que conséquentes au langage, et ne sont pas susceptibles de fin, qui ne peut être assignée que par lui.

Les sociétés humaines, leurs cités, leurs cultures, leurs règles matrimoniales, leurs langues, leurs techniques, leurs migrations conquérantes et leurs fins rêvées sous forme d'histoire ou de religion sont des acquis nullement coupés du donné naturel, de la dot physique, de la dot biologique. Les animaux déjà ont des pariades, des chants, des modes d'association sociale, des règles, des parures, des migrations. Les sociétés humaines ne sont pas en puissance de s'émanciper de cette dotation, de cette *energeia* qui caractérise la *physis*. L'histoire, surgissant au terme de l'ère néolithique, ne fut que l'*akmè* des prédations (l'invention de la guerre) accompagnée de la thésaurisation des produits (l'invention de la comptabilité de l'écriture). Elle ne fut en aucun cas un arrachement aux amarres biologiques, ni une source de dignité particulière. Elle est plutôt un supplément d'horreur (la prédation entre congénères, la cannibalisation intraspécifique). Dans l'horreur même, nous n'avons pas rompu avec la nature ; nous avons seulement fait sauter les limites que la faim (que la taille de la gueule des fauves) imposait à la férocité des bêtes. Le langage humain est à jamais un cri qui est né de leur imitation et qui s'est passionné en nous, organe inhumain organisant aussitôt les deux pathos qui nous assaillent, thanatique et érotique, de douleur et de plaisir. De nombreuses autres espèces animales possèdent cet organe qui les divise à l'intérieur d'elles-mêmes en déplaisir et en élation. La chasse, l'agriculture, la guerre furent des prédations mimétiques et superposées qui aboutirent à l'Histoire. Nous avons déferlé hors du domaine de l'origine pour ce qui concerne l'espace initial, mais l'élan monstrueux qui nous porte est le même : inhumain, naturel, donné.

*

On ne sait plus si c'est Serge Moscovici, ou Cornelius Fronto, ou Loggin, ou Eckart, ou Cusa, ou Vico, qui a écrit : « L'art se fond dans l'être, le produit dans le donné. » Shakespeare écrivait : « L'art qui imite la nature appartient à l'art qui fait la nature. »

*

Le passage des primates à l'homme ne constitue pas une limite. Il n'y eut pas d'origine de l'homme. Par lui la nature s'épancha comme elle le fait en lave au faîte du volcan. Une lente métamorphose simultanée de plusieurs espèces au cours du temps a procédé à ses propres mutations — dont l'une d'entre elles, cherchant ses proies à l'instar de toutes les autres, a découvert une orientation effarante dans l'imitation de la prédation des grands carnivores qu'elle épiait parce qu'elle les redoutait.

L'espèce humaine ne connut pas de mutation : ce fut la conversion en prédatrice d'une espèce qui figurait au titre des proies et dont l'appréhension aussi bien que la férocité la fascinaient. La horde est un mythe d'homme. Les primates simiens vivent en groupe. Les femelles, les nourrissons et un mâle dominant pour coryphée et à titre de reproducteur forment le noyau stable. Sur les marges sont rejetées les bandes périphériques des mâles subadultes. Le territoire, autour de la base, est limité au rayonnement de la cueillette qui anime un faible déplacement. Les bandes des jeunes mâles périphériques migrent davantage autour du noyau stable des mères et des femmes. L'exclusion des plus jeunes à la périphérie rend impossible l'inceste, dont l'interdiction ne fut qu'une conséquence. L'accès aux ressources du foyer affiliatif leur est interdit de la même façon. Rivalité, périphérie, homosexualité, mobilité, famine et maraude font leur destin.

L'art de la restauration du passé est une hardiesse vaine qui expose inévitablement au ridicule. Dans le même temps la question de son origine a toujours serré la gorge du petit d'homme, et même elle consiste peut-être en la pensée réflexe qui engendre la réflexion. La scène invisible hante. Les conjectures sont des délires, mais leurs censures des démences. Nous n'avons jamais connu le « détachement » du règne animal et du monde naturel que nous nous supposons. Au contraire, nous avons accru l'attachement.

Les mâles que leur situation périphérique exposait à la prédation sont allés vers les proies qui les menaçaient et en sont devenus les partenaires. Une proie convoite une proie et la dispute à d'autres. Telle est la source de l'humanité : prédation imitée. Un œil sur de la viande morte, à côté d'un autre mammifère qui hume les vestiges des prédateurs, que survole l'œil au-dessus de lui d'un autre charognard. Cela devient un homme, un loup, un aigle.

Serge Moscovici a montré qu'on ne pouvait en aucune façon parler d'une « hominisation » des primates mais d'une « cynégétisation » de certains d'entre eux. La *praedatio* a déchiré la collecte (en grec, le *logos*). La chasse dévastant la cueillette transforma un herbivore en mammifère nécrophage des restes des grands carnivores qu'il guettait, aux côtés des rapaces et des loups. Puis ces anciens herbivores devenus nécrophages se transformèrent en carnivores eux-mêmes. Ces transports sont les premières *metaphora.* Les hommes se transportèrent en ceux qu'ils imitaient et qu'ils dévoraient : ours, cerf, vautour, loup, taureau, mammouth, bouquetin, bison. Ou, dans le monde antécolombien, puma, jaguar, condor. Découper la chair d'un carnivore et la distribuer s'appelle sacrifier. Suivant leurs proies là où elles vivaient, ils s'installèrent, à leur place, dans les grottes, les cavités, les aires, les puits dont les animaux qu'ils pistaient avaient fait leur gîte. La chasse devint un mode de vie exclusif : l'animal est le modèle, l'image, le concurrent, l'aliment, le dieu, l'habillement, le calendrier, l'objet du cri, le sujet des rêves, le foyer des fils, le déplacement comme destin, le monde comme trajet. Sur les parois des grottes magdaléniennes, la face humaine est bestialisée sous forme de tête d'ours, de loup, de vautour ou de cerf. L'agressivité, la férocité, la guerre ne se sont pas déployées en nous génétiquement. Elles nous sont venues de la chasse : ce fut un long apprentissage de la mort vestigiale puis donnée. Le cannibalisme fut l'étape suivante : c'est le sommet de la chasse et l'aube de la guerre. Ce qu'on appelle le devenir-homme de certains primates fut ce lent devenir-bête des protochasseurs.

*

Rares sont les espèces qui échappent à toute vie collective : le vison, le léopard, la martre, le blaireau, moi.

*

Si on le lit pour ce qu'il est (un recueil d'images investigatrices, de sortilèges universaux), le recueil de Marcus devient un des textes les plus profonds que nous ait légués l'Antiquité, jusque dans le caractère privé, méticuleux, pédagogique, scolaire, circonstanciel de sa composition, comparable en énigme et en puissance au *Parménide* de Damaskios ou aux trois *Logos* rescapés de Gorgias. De là le caractère contradictoire, diffus, vésanique, qui a choqué les philosophes dans les *Pensées* : ce ne sont pas des arguments coalisés, déductivement rassemblés, disposés, sinon avec raison, au moins avec sens, formant système ou encore précisant la psychologie d'un homme qui se confesse. Ce sont des images efficaces, des sorts jetés au jour le jour sur la situation pour la lier. Que le meilleur filet gagne.

Un jour que Marcus avait écrit à Fronto que sa toute petite fille, Domitia Faustina, avait eu une colique *(alvi fluxus)* et en conservait, outre un peu de fièvre, une petite toux, Fronton ressentit subitement une mauvaise impression *(consternatus)* à l'annonce de cette petite toux *(tussicula)* qui affecte la voix de la petite princesse infante *(infans)*. Il cherche à imager la peur *(pavor)* qu'il éprouve afin de l'écarter et aussi en nourrissant l'espoir de l'en faire réchapper. Le langage est un pathos : « *Equidem ego quid mihi legenti litteras tuas subvenerit, scio ; qua vero id ratione evenerit, nescio.* » (Ce que j'ai éprouvé en lisant ta lettre, je le sais. La raison pour laquelle je l'ai éprouvé, c'est ce que j'ignore.) Alors Fronto donne pour la première fois le nom de son maître, du père de la théorie des *imagines*, du vrai théoricien de la collecte des images (en grec : du *logos* des *icônes*) : « *Ego, qui a meo magistro et parente Athenodoto ad exempla et imagines quasdam rerum, quas ille* eikonas *appellabat*... Moi, qui ai appris de mon maître et père, Athenodotus, comment il fallait concevoir et former dans son esprit certaines représentations et images des choses, que lui-même appelait en grec icônes, je pense que la métaphore, en transportant l'image qui supporte l'objet vers une autre, la rend plus légère et, en multipliant sa vision, la fait moins aiguë. Cette *translatio* est semblable, grâce au langage, à ce qui arrive à ceux qui portent un pesant fardeau sur l'épaule, lorsqu'ils font passer la charge de l'épaule droite sur la gauche *(in sinistrum ab dextero umero)*, le changement semble un allègement *(translatio videatur etiam relevatio)*. »

D'une toux d'enfant à un port de sac sur le dos, les images du langage tendent des filets à l'émotion et à la crainte comme elles domestiquent le mauvais *pathos* qu'a ressenti Fronton à l'annonce de la *tussicula* de la petite princesse sans voix. La *translatio* fait changer d'épaule. La *metaphora*, si elle ne guérit pas, allège : c'est une *relevatio*. C'est déjà une renaissance.

*

La plupart des lettres qui ont été conservées entre Cornelius Fronto et Marcus sont des recherches d'images possibles, de nœuds possibles pour l'affect, de laborieuses quêtes de métaphores pour amplifier la louange du vieil empereur régnant, Antonin, enfin des listes d'images extraites pour les devoirs. Marc Aurèle écrit : « *Ego quoque hodie a septima in lectulo nonnihil legi. Nam* eikonas *decem ferme expedivi...* » « Moi, j'ai assez lu aujourd'hui ; je suis dans mon lit depuis la septième heure ; j'ai presque achevé dix images. Reste la neuvième sur laquelle je bute. »

Fronto lui répond toujours en trouvant l'icône la plus habile, la plus déconcertante, la plus économique, la plus fulgurante, la plus raccourcissante.

Autant de jours, autant d'*imagines* (de têtes de morts dans l'atrium de l'âme). Cette ascèse bouddhique sur le temps, sur les lieux, sur le pouvoir, sur la vieillesse d'Antonin, sur la mort est un exercice mental proche du roman. Critiquant la façon d'écrire de Cicéron, Fronton argumente de la sorte : « Cicéron manque de mots inespérés, inopinés *(insperata adque inopinata verba)*. J'appelle inattendu, inespéré, le mot dont l'apparition frappe le lecteur ou l'auditeur au-delà de son espoir *(praeter spem)*, le mot dont le retranchement laisserait abandonné, le mot qui vient comme un visage d'ancêtre, le mot qui se dresse comme une *imago* au cours du sommeil. » Un Père surgit et revient vers nous.

*

Les groupements humains ne cessent de vouloir imposer leur humanité à l'exclusion de leur source et de la dot qui les attribue. Leur langue nationale au même titre que leur cité locale espèrent tisser un voile et fonder un ordre qui les distinguent de leur fourrure, de leurs canines, de leurs génitoires, du mode bestial, c'est-à-dire nullement spécifique, de leur reproduction, de leurs râles, de leurs cadavres pourrissant tels les autres cadavres des autres mammifères et excitant comme eux l'appétit des oiseaux rapaces et des mammifères nécrophages qui les charognent à l'instar de toutes les autres proies. Le lien social est bâti sur cette exclusion de l'autre dont on provient, dont on ne veut pas provenir, qui n'est en aucun cas un autre, et qui est accusé de n'être en aucun cas humain, comme est l'humain lui-même.

*

La guerre à mort contre la nature lui arrache ses puissances, asservissant son eau comme le lait dans les vaches, son feu comme les chiens dans les loups, la puissance dans l'eau comme le miel dans les ruches, la violence dans le vent. Mais jamais l'océan, la rivière, l'abeille, le loup, la bourrasque, dans l'utilisation que la prédation qui les dévore en fait, n'apparaissent pour ce qu'ils sont.

L'abîme se creuse entre l'impétuosité et le vent qui est dans le ciel. L'abîme se creuse entre l'électricité et la source de la rivière au haut de la montagne. L'abîme se creuse entre le langage et la voix, organe qui divise l'univers en joie et en douleur. La *litteratura* est le souci atomique des *litterae.* Le littéraire est cette remontée de la convention à ce fonds biologique dont la lettre ne s'est jamais séparée. Il est cette ouïe ouverte à l'incessant appel abyssal — à ce lointain appel qui monte de cet abîme sans cesse creusé entre la source et la floraison qui se multiplie, de plus en plus profuse, sur ses rives d'aval.

*

Jamais, dans la plus longue des durées, les hommes qui ont produit nos sociétés et nos pensées n'ont eu la révélation de la métamorphose qu'ils étaient lors de la plurimillénaire défusion du fonds pâteux, de la *physis* dans laquelle ils étaient pris. Par convention, on compte trois millions cinq cent mille années d'émergence zoologique, puis quarante mille années de Préhistoire, puis neuf mille ans d'Histoire humaine. Ce que nous devînmes si lentement nous échappa chaque jour. L'opacité quotidienne, l'application minutieuse, la détermination affamée sont nos vies. Un jour, nous ne quittâmes pas la forêt. Un jour, nous ne quittâmes pas la cueillette. Un jour, nous n'inventâmes pas la chasse ni, un autre, l'arc, ni, un autre, le chien, la famille, l'art, la mort. L'espèce humaine n'eut pas pour premier destin de lutter contre la nature comme la raison et la rationalité moderne voudraient le faire croire aux héritiers. Nous commençâmes par nous fasciner pour les fauves. Nous imitâmes le cri qu'ils poussaient pour les tuer. Les Sirènes d'Homère ont des ailes de vautour et règnent sur des ossements blanchis.

*

L'unification de l'espèce *Homo* peut être datée en – 500000. La croissance fut liée à la prédation simplement parce que cette dernière se confond avec le pistage des proies et leur déplacement. Parce que les proies se déplacèrent, les hommes rayonnèrent. La déglaciation s'amorça vers – 12000. Les derniers chasseurs inventèrent l'arc en – 9000, et le chien (première domestication prénéolithique) fut domestiqué par ces derniers chasseurs. Cynégétique et fauconnerie. Le culte des crânes apparut au VIIe millénaire au Proche-Orient : à Çatal-Hoyuk, les morts étaient décapités, les crânes étant domiciliés dans les *domus* des survivants, leurs corps laissés en partage aux vautours célestes à l'instar des fumées et des restes de sacrifice puis des débris de table. Vers – 6000 eut lieu l'invention de la céramique : les seins des premières déesses d'argile recèlent des becs de vautour. Le niveau des mers

(– 130 mètres lors des glaciations) s'éleva au niveau actuel vers – 4000. Les animaux glaciaires ou disparurent ou migrèrent vers le nord. Les Occidentaux qui ne les suivirent pas oublièrent les mammouths, les rennes, les falaises et la neige, sinon le lent et bouleversant déluge qui avait rehaussé les mers du monde et isolé les continents. La mer cessa de monter. Les animaux forestiers se multiplièrent. On fixe arbitrairement en – 3500 la métamorphose de l'ère préhistorique en ère antique. Le cheval ne fut domestiqué qu'à époque dite historique : la culture des équidés, n'étant pas alimentaire, n'était déjà plus néolithique. L'invention de la roue date du IVe millénaire. Les inventions de l'écriture peuvent être datées autour de – 3300 en Mésopotamie, de – 3100 en Égypte. Le transport, la guerre et l'Histoire succédèrent aux cités, à l'écriture et aux porcs. La guerre (la chasse des hommes par des hommes) s'étend soudain à partir du IIIe millénaire.

*

« Le monde est un déversoir de l'abîme. » *Deversorium*, en latin, c'est le gîte d'étape. Marcus modifie l'image : « Le monde est une cité dont les nations ne sont que des demeures. Les astres paisibles sont un éternel orage. »

Marcus comme tout Romain croit à l'unique source, à l'unique jaillissement fascinant, qui est la *physis* ; qui, comme elle jaillit, asperge ; qui, comme elle asperge, est multiple comme les dieux qui n'en sont que les gouttes, les semences. Les décisions archaïsantes de Marcus reprises à Fronto ne correspondirent pas à une esthétique, mais à un parti pris politique dont les extraits de l'empereur permettent d'affirmer qu'il était totalement conscient : l'âme est archaïque au même titre que le langage humain, et de la même façon que la fondation des sociétés ne s'émancipe pas au cours du temps, de massacre en massacre, de la prédation antéhominienne (de la gueule grande ouverte des fauves qu'il voit encore sur les craquelures de l'entame du pain céréalier).

*

Le passage sur les fauves et les craquelures du pain propose une énigme qui est plus difficile encore à interpréter que je ne l'ai indiqué. L'icône n'est pas une arme facile dans la bouche des hommes. « Le pain par endroits en cuisant se fendille et ces fentes *(diechonta)* se produisent à l'encontre de l'art du boulanger. Les figues très mûres *(syka ôraiotata)* qui s'entrouvrent égalent l'éclat de l'olive pourrie. Le front des lions *(to episkynion tou leontos)*, la tête des vieillards *(gerontos)*, l'écume qui s'échappe du groin des sangliers *(o tôn syôn ek tou stomatos rheôn aphros)* sont loin d'être beaux et cependant présentent un attrait *(psychagogei)*. » Ce texte est très étrange. Comme s'il se souvenait du chasseur nécrophage pistant les fauves, poursuivant à la trace les empreintes et les vestiges, guettant le relief des proies mortes. L'approche de la mort crée le sentiment d'appétit et de beauté. Il y a une contemplation qui passe le langage et que la nature elle-même dans son silence fournit dans son point extrême de mûrissement, de pourrissement, c'est-à-dire de charogne. La beauté, dit Marcus, sépare l'intempestif et le tempestif. Sur la tête du vieillard comme sur le fendillement de la figue très mûre, comme sur la craquelure du pain, comme sur la gueule grande ouverte des fauves, des sangliers, des lions, la mort est tempestive, tentante. Cette beauté sans logos est une *hôra*, une propriété de la saison. Elle est une *akmè*, une maturité du temps propre, une *tempestas*. L'attrait accidentel associe *sordidissima* et *tempestivitas*. Albucius Silus, un siècle et demi plus tôt, faisait une analyse comparable de ce qui bouleverse d'émotion notre désir. Le sordidissime qui émeut s'ajoute à la beauté et la sacre : c'est une trace propre à la nature. La mort fut d'abord un relief, qui excitait la faim. Les accidents de la nature rappellent à l'humanité l'accident de sa nature, les détritus passionnants de la chasse, les traces de la venaison : la gueule béante des fauves. Comme la mort est le témoin passionnant d'une ancienne vie dévorante. Comme la mort est le fauve.

*

« Exô tou kosmou to apothanon ou piptei. » (Ce qui est mort ne tombe pas hors du monde.) La raison en est simple : cela tombe dans la gueule des fauves. Les douze *volumen* des pensées visent un seul but : l'indépendance du jugement, la maîtrise de ce dont l'homme est l'esclave (le langage), un jaillissement d'images, un ferment d'énergie vitale, un compact de *conatus* universel, une liste de gratitudes aux semences, aux graines, aux géniteurs, aux maîtres, aux images (aux icônes) et aux dieux.

Dans les douze livres d'extraits de Marc Aurèle la nature est définie à la fois comme *universitas* et comme *metamorphôsis.* Ce qu'a de plus cher la *physis* est la transformation *(metabolè)* tumultueuse. Le tout, qui est un torrent d'orage *(cheimarros)* qui emporte tout, que l'orage sans cesse grossit, s'emporte lui-même : c'est ainsi que le fabricateur persiste dans le fabriqué. « Nous collaborons tous à l'accomplissement d'une œuvre unique *(Pantes est hen apotelesma synergoumen).* Héraclite disait que même ceux qui dorment travaillent à une œuvre et collaborent *(syner-*

gous) à ce qui se fait dans le monde. L'homme est aussi indifférent *(adiaphoros)* que le soleil, le vent ou une bête fauve *(è hèlios è anemos è thèrion).* »

Chaque phrase des *Pensées* tisse les mailles d'un piège pour forcer la vie dans ses filets. Ce sont tout d'abord des *imagines* simples : « En s'élevant les flammes du feu *(to pyr anôpheres)* cherchent le soleil comme les ruisseaux au travers des forêts et des champs cherchent la mer. La mer est le troupeau des ruisseaux. Le soleil est la nichée des flammes comme les cités sont les essaims des hommes. »

Puis l'icône se fait de plus en dense au point de tirer sa force d'arrachement de son ellipse : la *metaphora* se transforme en un court-circuit de deux forces. « *È Asia, è Eurôpa, gôniai tou kosmou*... L'Asie, l'Europe : coins du monde. L'Athos : une motte de terre. Le temps présent tout entier : un point. Tout est petit *(Panta mikra).* La gueule du lion grande ouverte *(to chasma tou leontos)*, l'épine *(akantha)* et la fange *(borboros)* sont les conséquences de Dieu. »

Qu'est-ce que le *kosmos* ? « Les petits enfants trouvent belle leur balle *(sphairion).* La nature se comporte comme un joueur qui lance une balle *(ôs o anaballôn tèn sphairian)*. Quelle souffrance éprouve une bulle d'eau *(pompholyx)* à crever ? »

« Ce concombre *(sikyos)* est amer ; jette-le. Il y a des ronces *(batoi)* dans le chemin ; évite-les. N'ajoute pas : Pourquoi cela existe-t-il dans le monde ? Tu prêterais à rire au menuisier *(tektonos)* ou au cordonnier *(skyteôs)* si tu leur reprochais sur la terre de leurs ateliers les copeaux *(xesmata)* et les rognures *(peritmèmata)* des cuirs des bêtes tombés de leurs ouvrages. »

« Haïr la guerre ou détester la mort, c'est comme si quelqu'un, assis auprès d'une source transparente et douce *(pègè diaugei kai glykeia)*, l'injuriait *(blasphèmoiè)*. »

« La mort est comme l'apparition des dents, la poussée de la barbe, la venue des cheveux blancs *(polias)* et la saillie des femmes. »

*

Marcus vieillissant repasse les leçons de Fronto : « Aime ce à quoi tu retournes. Ne reviens pas vers la philosophie comme vers un maître d'école *(paidagôgon)*, mais comme ceux qui ont mal aux yeux *(ophthalmiôntes)* retournent à la petite éponge et à l'œuf *(pros to spongarion kai to ôon)*. La philosophie est un cataplasme *(kataplasma)*. »

Il ne s'agit donc jamais d'une liste d'arguments éculés ainsi que tous les lecteurs de l'empereur l'ont compris, un tiers revenant à Épicure et à Lucrèce, deux tiers aux stoïciens et à Épictète. Si l'empereur choisit de lire Lucrèce, ou Épictète, ou Héraclite, c'est que ces œuvres étaient les plus tissées d'images. Ce sont tous les livres, dont les leurs, qui sont démembrés pour extirper de puissantes icônes. Un seul but : la fermentation des *metaphora*. De la même façon qu'un homme des temps paléolithiques découpait le crâne pour aspirer le cerveau et la puissance du mort. C'est-à-dire de l'ancêtre. La lignée des ancêtres forme la rangée des *Imagines*. Les têtes des cadavres ont marqué de leur empreinte l'argile ou la cire. Mises en ligne dans l'armoire, elles sont sorties lors des repas rituels. Elles sont exhibées à l'occasion d'un grand discours de cérémonie. Elles sont assises dans l'amphithéâtre. On recourt à leur propitiation sous le coup d'une souffrance.

*

C'est un empereur romancier : « Vois ce qu'ils sont lorsqu'ils mangent *(esthiontes)*. Vois ce qu'ils sont quand ils dorment *(katheudontes)*. Vois ce qu'ils sont quand ils s'accouplent *(ocheuontes)*. Vois ce qu'ils sont quand ils sont à la selle *(apopatountes)*. Imagine. Poursuis ton travail d'images. Mêle les identités. Joue à te représenter les vivants sous les identités des morts. Ensuite que te vienne cette pensée :

"Pou oun ekeinoi ?" (Où sont-ils donc ?)

Puis apporte la réponse :

"Oudamou è hopoudè." (Nulle part et n'importe où.) »

*

Il se trouve que le livre fondamental de la rhétorique spéculative est plus ancien que la déclaration de guerre que Fronton a lancée à l'encontre de la philosophie : un siècle les sépare. C'est le *Peri hypsous* du pseudo-Longin. Devant cette expression traditionnelle, « pseudo-Longin », qui à la fois jette un doute sur l'identité de l'auteur, rend incertaine son existence, fait soupçonner l'œuvre de falsification apocryphe, je suggère de nommer Logginos ou Loggin cet auteur grec qui écrivit sous Tibère et qui adressa son ouvrage à Postumius Terentianus. Il ne reste rien de l'œuvre d'Athenodotus ou de celle de Musonius. Ce qui reste de l'œuvre de Logginos est si lacunaire que la détermination de la position antiphilosophique de sa pensée est loin d'être aussi tranchée, aussi déterminée que dans le cas de Fronto. Mais ce traité bouleversant est l'équivalent, à l'égard de la littérature antique, du livre secret de Zéami à l'égard du nô japonais ou encore de celui de l'abbé Kenkô à l'égard de la littérature bouddhique.

C'est un traité du *tonos*, de la tension, de l'*intonatio*, du tonnerre, de l'*energeia* propre au langage pour peu qu'il devienne quête de la profondeur et des limites supérieures ou inférieures (sublimes ou sordidissimes) de l'expérience humaine. *Du Sublime* est encore un recueil d'icônes, rassemblant les « cimes » du logos : « Le sublime *(hypsos)* est la cime la plus haute *(akrotès)* du logos. »

C'est un grand livre informe sur la

création littéraire considérée comme art suprême. Il n'y a pas de bornes à la *physis* faite voix. Il n'y a pas de frontière entre l'inné fusionnel et l'acquis passionnel, entre le don de l'écrivain et la technique linguistique, entre la donne biologique et la fonction investigatrice des paradoxes et des images. Le sublime ne mène pas l'auditeur à la persuasion *(pistis)* mais à l'exaltation *(ektasis)*. Le grand poète ou le grand prosateur cherchent la parole extatique. Le langage à sa cime fait osciller le *thauma* (l'étonnement, l'admiration) et l'*ekstasis* (l'extase), et procure à la pensée la sensation de la lumière. « L'art *(technè)* est accompli, quand il semble être nature *(physis)* et la nature, à son tour, atteint son but lorsqu'elle renferme *(lanthanousan)* l'art sans qu'on s'en aperçoive. L'art apprend, et c'est là le point capital *(kyriôtaton)*, qu'il y a dans les logos certaines particularités qui ont la *physis* pour unique fondement. » La cime du langage livre passage à la souche originaire. Tout à la fois l'aire du rapace et la grotte du fauve se recueillent en lui. Une œuvre littéraire se situe dans un autre temps que la parole elle-même, vouée au présent. N'écrivant pas dans le présent de sa parole, le littéraire écrit au passé, écrit au futur. C'est un preux, un hardi, un menaçant : il rivalise avec les écrivains morts, avec les éminents, avec l'avenir de la parole aussi bien dans le sort qu'il jette que dans le défi qu'il lance aux écrivains qui naîtront. C'est un nœud, un *logos*, un *nexum*, un sort, une *defixio*, une *ligatura*. La *mimèsis* ou l'admiration, qui consistent l'une comme l'autre à se laisser posséder par le comportement de l'autre, de la bête, de la montagne, de la cime de la montagne, du vautour, est une prédation plus ancienne que la représentation elle-même à laquelle elle donne naissance. Les paroles usuelles sont comme des vêtements qui dissimulent : alors le langage littéraire est le langage nu jusqu'à l'effroi. La nudité du langage, tel est ce que Loggin nomme le sublime. Le mot latin de *sublimis* traduit mal le grec *hypsos*. *Hypsi*, c'est le en-haut, la haute mer, l'éminence, ce par rapport à quoi on est en dessous, ce par rapport à quoi on est loin. Le sublime est ce qui saille, ce qui tend et se tend comme lors du désir masculin. Il faut que le *tonos* du *pneuma* retrouve cette tension. C'est le ton de l'œuvre littéraire. Loggin a écrit de façon énigmatique qu'une des premières qualités du style de Démosthène, c'est le *agchistrophon*, le coup de rein, l'agilité du corps de la phrase à se retourner. De la même façon que, dans le monde romain, la force du style est décrite comme un jet irrépressible, où le *pathos* prend pour icône le torrent, où le *pneuma* saisit pour icône l'inspiration délirante et tournoyante du chaman-sorcier. Cette force est liée à la violence de la nature elle-même. De là le caractère anomique de la littérature, son trait physique, son visage non coutumier : « Ce qu'on admire toujours, écrit Loggin, c'est l'inattendu *(paradoxon)*. » La littérature est une antiéthique. C'est une pathique travaillée et soutenue, une « excerption » de sa propre matière, une exception du langage, une renaissance de l'élan qui est à sa source. Dans le langage sublime, l'histoire elle-même peut être prise de court, court-circuitée : le langage nu est celui qui fait surgir une « vision digne de toute époque *(tou pantos aiônos axion)* ». C'est en quoi il n'y a pas de *metaphora* qui ne soit un *paradoxon*. C'est en quoi la *litteratura* pense à la lettre en vérité, pense plus que toute pensée, dès lors que son langage est nu, et pour peu que cette nudité saille réellement, c'est-à-dire se retrouve dans l'élément de l'élan qui la précède.

Il y a une violence de la pensée, qui est une violence du langage, qui est une violence de l'imaginaire, qui est une violence de la nature. Tel est le sorite qui commande ce que Loggin appelle tour à tour le grand art, le grand jeu de l'art, reprenant cette icône à Gorgias de Léontium.

*

Je passe le mur. Je m'évade un instant de cette tradition des rhéteurs occidentaux. La phrase de Loggin sur le coup de rein chez Démosthène fait penser à l'un des dix-sept *che* de la poésie selon Wang Changling tels que François Jullien les a rapportés. Wang Changling écrivait en Chine, au VIIIe siècle. Le quatorzième *che* définit le contre-pied. Certes l'effet du coup de rein diffère de l'effet du contre-pied, dont Wang Changling note qu'il brise soudain le dire. Mais les positions de la pensée chez Loggin et chez Wang Changling sont étrangement voisines. Les *schèmata* comme les *che* ne valent pas par eux-mêmes. Les figures de la rhétorique ne sont rien chez Loggin par elles-mêmes, sinon des accélérateurs du flux, des canalisations ou des dispositifs qui précipitent le cours du langage en torrent, qui l'exhaussent en montagne, ou qui le rompent en abîme. À l'égard de l'*energeia* qui sous-tend tout ce qui est, écrire ambitionne d'être l'équivalent, pour la langue, de naître, pour la vie. L'extraordinaire traité de Loggin, comme les paradoxes que recensent les rhéteurs spéculatifs, consiste à accroître l'irruption du langage.

En 1885, le gouvernement de Jules Grévy supprima la classe de rhétorique au terme des études; il décida la généralisation de l'asservissement.

*

Les anciens Chinois disent qu'il ne faut pas que la narration du roman soit assumée par une première personne (ce qui en revanche caractérise la forme du récit, qui est personnel et humain) parce que le roman est un dragon. Il faut qu'il soit impossible au lecteur de mettre la main sur ce qu'il lit. La narration romanesque perdrait son imprévisibilité en se soumettant à la rationalité d'un point de vue. Perdant son imprévisibilité, elle perdrait le choc émis par sa propre violence. Perdant de son étrangeté, le roman perdrait en fascination. La première personne n'est qu'un sexe masculin au repos et qui se recroqueville. (Les anciens Romains disaient d'une façon comparable que le sexe érigé est le dieu et que son possesseur, à cet instant, n'est plus lui-même.) Ce sexe recroquevillé peut émouvoir, mais il ne peut pas transporter l'épouse, qui est le lecteur. Pour que le plaisir du texte demeure imprévisible, il faut que le lecteur ne puisse savoir d'où va venir le désir. Le désir ne peut dire je, ni avoir de visage ; il ne peut que désirer, bander. *Fascinus fascinatus.*

Pour les anciens Chinois, le roman est aussi une ancienne bête : c'est un dragon.

La littérature, selon ces professions de foi d'un Romain, d'un Grec, d'un Chinois, c'est le langage conçu comme arme de jet.

*

L'invention de l'homme fut l'imitation de la prédation des grands carnivores. Cette invention ne se nomme pas le rire, le langage, la main préhensile, la station debout, la mort. Elle se nomme la chasse. Bander un arc veut dire faire plier la verge au point qu'elle se courbe et peser avec effort sur elle pour tendre au maximum la corde que ses extrémités retiennent, dont la tension *(tonos)* servira de propulseur à la flèche. Les chasseurs paléolithiques en inventant l'arc, dans l'origine de l'arc, inventèrent l'origine du son de mort sur la corde unique (la musique), c'est-à-dire du langage approprié à la proie.

*

Lire, c'est chercher des yeux au travers des siècles l'unique flèche décochée à partir du fond des âges.

*

Naître est un surgissement dans l'air atmosphérique qui crie. Cette source est éternellement neuve. La source ne connaît pas plus le temps que le sexe ne le connaît dans l'étreinte qui la renouvelle. Le savoir et les formes acquises sont immédiatement passés ; ce sont des images des morts. Ce qui coule de source suppose la proximité de la source, quel que soit le millénaire.

L'art ne connaît pas le déclin. Il ne connaît que les cimes.

Il connaît d'étranges découpures d'âge en âge. Ces découpures, nommées « époques », héritent des langues qui sont mortes comme chaque enfant qui naît met en terre son grand-père maternel.

*

La vie humaine s'appuie sur le langage comme la flèche sur le vent.

Les images du langage comme rafale, comme potentialité jamais figée, comme océan et *rhythmos* des vagues, comme torrent, se retrouvent chez Fronto, chez Marcus, comme chez Logginos. Ce sont les icônes de la même irruption, de la même tension inépuisable.

La tension de cet arc se nomme le temps.

Mencius, dans la Chine ancienne, au début

du IIIᵉ siècle avant l'ère, disait : « Les lettrés n'aiment pas le bien et se complaisent dans la voie des lettres. Par là, inassujettis au pouvoir qui les ignore, ils créent comme la nature. »

*

Dans Loggin, c'est l'émotion comme vertige mortel qui est recherchée par l'humain amateur de belles lettres. Le sublime, la hauteur, l'éminence, la montagne, le torrent, l'océan, l'abîme ne sont pas pour eux-mêmes recherchés : en eux c'est l'à-pic qui est recherché. C'est le style à pic que Loggin étudie : c'est le *logos* déchirant le *legein* qui est à sa source. Tout autre chose que le linguistique est ce dont le langage est le signe et à quoi il ne peut remonter sans se perdre. Le style n'est pas lié à la forme de ce qui est dit, pas plus qu'il n'est lié au contenu grandiloquent ou sordidissime de ce qui est montré, il est lié à l'énergie prélinguistique qu'il tend dans l'organisation du plaisir et de la douleur. Kong Souen-long disait : « Ce qui montre n'est pas le doigt qui le montre. » Le langage nu est aussitôt à pic au-dessus du silence qu'il ouvre en gouffre comme effet du langage.

*

Quel est l'à-pic ? La vie du corps tire de nous dans le plaisir le seul cri terrible et incomposé comparable à celui de la naissance. Engendrer et naître crient beaucoup plus haut et vrai que le râle de la mort.

S'il y avait une fonction sémantique du langage, ce serait le bonheur comme voix, dont la source serait le cri que le plaisir arrache.

Ce cri indéductible est le *psophos* propre au langage humain.

*

Tout le langage humain n'étant qu'un ensablement après le silence du désir.

Si on lit Fronto, le logos jaillit de la bouche comme le sperme à l'extrémité du *fascinus*.

Si on en croit Marcus, le temps s'égoutte comme du sang dans le vide des astres.

*

De même que l'amour humain a ses figures, le langage humain a ses *imagines*, ses *prosôpa*, ses saillies qui font brèche, qui déchirent le langage lui-même. Loggin recommande les asyndètes, les anaphores, toutes les ruptures de liaison dont peut disposer le rhéteur. Le désordre nu du langage désordonne la pensée qui cherche, tandis que les conjonctions entravent l'élan ou désamorcent le jet pneumatique. La nature *(physis)* nous a introduits dans la vie pour la hausser et non l'amoindrir ; pour ajouter de l'élan à l'élan ; pour invigorer l'érection de l'univers *(kosmos)*.

C'est la grande nature, le fond de l'art. Et ce qui est défaillance aux yeux de l'homme ne l'est pas à ses yeux. Loggin est formel : *« Physei de logikon ho anthrôpos, kapi men andriantôn zèteitai to homoion anthrôpô, epi de tou logou to hyperairon ta anthrôpina. »* (L'homme est fait par nature pour le langage ; dans les statues, on recherche la ressemblance avec l'homme ; dans les logos, on cherche la ressemblance avec ce qui passe au-dessus de l'humain.)

La langue ordinaire dit : « Cette femme, cette chose, cet événement tombent à pic. » C'est ce qui traduirait le mieux le mot de *hypsos*, bien mieux que le latin *sublimis*. L'à-pic est le *kairos.* L'à-pic est ce qui s'ouvre sous l'humain comme abîme, comme la falaise tombe à pic. L'humain fuit l'abîme. Le logos seul l'y ramène. C'est pourquoi l'à-pic est si rare à chaque époque du monde. Loggin ajoute : *« Tosautè gonôn kosmikè tis epeichei ton bion aphoria. »* (Si grande est la stérilité générale qui étrangle la vie.) Il faut choisir et regarder comme immortelle ou notre semence ; ou notre déchet ; ou le crime ; ou le logos c'est-à-dire la cime où l'humanité défaille (XLIV, 8).

Ou le silence, c'est-à-dire l'abîme qu'ouvre le logos derrière chacune de ses vagues.

*

Il se trouve dans la correspondance de Fronton une lettre où celui-ci recherche tout à coup une image afin d'expliquer pour quelle raison il n'a pas répondu aux lettres qu'il a reçues la semaine précédente, ensuite dans le dessein de définir qui il est quand il écrit, enfin pour accroître l'obstination qu'il y met. Cette lettre est écrite par lui en grec, dans la langue de Loggin : « *Homoion ti paschô tè hypo Rômaiôn hyainè kaloumenè...* Je suis ce qu'en langue romaine on appelle une hyène quand j'écris. Je suis un cou qui ne peut se tourner ni sur la droite ni sur le côté gauche. Je suis un javelot. Je suis un serpent à dard. Je suis une ligne droite. Je suis le vent vers l'abîme… *Tis oun eikôn eurètheiè pithanè, malista men anthrôpinè, ameinon de kai mousikè…* Quelle image pourrais-je trouver qui pût être émouvante tout en conservant une valeur anthropomorphique, dans le domaine de la musique elle-même ? Je suis Orphée sortant de l'enfer… »

Ce ne sont pas des métaphores qu'aligne Fronto : ce sont, au sens d'Ovide, des métamorphoses. Ce sont des renaissances incessantes comme dans le bouddhisme. Pourquoi l'Occident ne cessa-t-il de vouloir connaître des renaissances ? Parce qu'il était adressé par cet appel à renaître, qui précède l'homme et la reproduction biologique elle-même et que cette tradition rhétorique, persécutée, passant le relais de lettré à lettré de façon secrète, anxieuse, marginale, n'a cessé de renouveler au-delà d'elle comme un cri.

La tradition occidentale mit au point une métempsycose plus familiale (plus époquale) qu'elle ne fut individuelle. Ce furent les diverses renaissances.

Aelius, contemporain de Marcus, prétendait déjà fonder une nouvelle Athènes. Marcus est net : « Tout ce qui vieillit est en train de renaître. » Il ne s'agit pas de revivre : il s'agit de recommencer la vie dans son impulsion même, dans sa naissance, dans sa nouveauté. Renaissance, aux yeux d'Alcuin et de Charlemagne, aux yeux de Pétrarque ou de Cusa, aux yeux d'Eckart ou de Bruno ou de Montaigne ou de Shakespeare, ne voulut jamais dire restauration des Anciens dans leur ancienneté, mais renaissance de la naissance même, de l'irruption précédant les individus humains eux-mêmes, les familles, les sociétés, les arts.

Théocrite disait que les organes de l'être sont le soleil, le ciel, la terre, le chaos, l'Hadès et les démons humains. Pour le reste, ne se présentent au présent que des images *(eikônous)*. L'être consiste dans les trois mouvements du temps : aurore, zénith, crépuscule, mais son trait le plus propre est son antécédence : c'est l'ancien de l'être, c'est l'ancêtre. Si le soleil descend chez les morts pour renaître, l'homme descend chez Hadès pour mourir. Seul le chant fait remonter des morts leur soleil démonique.

En tant qu'ancêtre, c'est le chant de l'*Aiôn* : « Première origine de l'origine, premier commencement du commencement, air du souffle, braise du feu, source de l'eau, afin que je contemple l'eau effrayante de l'aurore, je pose le doigt de ma main droite sur ma bouche et je dis : Silence, silence, silence, symbole du dieu vivant incorruptible, garde-moi près de toi, silence. »

En tant que temps, c'est l'hymne à *Typhôn* : « Toi qui fais frissonner, toi qui effraies, toi qui terrifies, rafale au-dessus des neiges et sous la glace noire, toi qui hais une maison où règne l'ordre, tu vas plus vite que l'air, tu dévastes, ta marche est un feu qui crépite… »

*

Curieusement la rhétorique est athée. Pourtant elle est un obéir fanatique au langage, elle présente une foi aveugle en ses audaces, elle organise une véritable piété dans ses formes. Or, pour la tradition rhétorique, il n'y a jamais eu de possibilité de religion révélée, ni même d'école associée à une maîtrise, ni même une autorité grammaticale ou philologique qui surplomberait les chasses forcenées du signifiant au-delà des signes. Rien dans la dévotion au langage ne permet de s'arrêter à un effet de langage et le prétendre comme la source du langage. Un étant (Dieu) ne se révèle pas de façon privilégiée à un étant (homme) pour confisquer la source du langage comme sa parole, puisque tous deux en dérivent. Pour tout rhétoricien spéculatif, Dieu n'est pas, n'a jamais été et ne sera jamais. Le langage ne révèle pas. Comme le dit Héraclite l'Éphésien, dont Marcus reprend à plusieurs reprises la phrase : « Logos ne révèle pas : faisant signe. » Sa métaphore est inassignable dans aucun étant. Le langage ne peut s'arrêter ni dans « une » voix, ni dans « une » table divine dictée, ni dans « une » langue, ni dans « un » livre. Grassi a admirablement parlé de Novalis découvrant et lisant Hemsterhuys. Franz Hemsterhuys est le premier à avoir montré, en novembre 1768, à La Haye, dans un des styles français les plus limpides et les plus sobres qui aient été écrits au XVIIIe siècle, l'opposition qui divise à jamais la pensée et la théologie à partir des religions révélées. Son argument est d'une grande simplicité : l'existence de dieux uniques sous forme d'étants uniques décompose l'unité totale.

*

En Grèce antique, le rhéteur fut envié à l'égal d'un sorcier et persécuté comme tel. Le fond ensorcelant de la rhétorique n'est pas difficile à démêler : c'est que le langage rend esclave. Toutes oreilles confondues, pareillement asservies, hommes, dieux et morts sont liés par le langage. Leur sort *(sortes)* est lié au *logos.*

Les sorciers ne recevaient pas l'inhumation : on les laissait dévorer par les vautours. Strabon ajoute que, ne pouvant être inhumés ni brûlés, ils étaient seuls à pouvoir jouir de leur mère.

Loggin rejette comme emphatique une image de Gorgias de Leontium, qui était cependant aux yeux des Anciens le plus grand rhéteur du monde grec : *« Gypes empsychoi taphoi. »* (Les vautours : tombes vivantes.) L'emphase consiste ici à attribuer l'inhumation aux vautours, aux charognards qui ignorent les tombes. Les morts sont par eux-mêmes les premières *imagines.* Durant toute la vie de la lignée, on les dresse, et ils défilent. De même que les Anciens, dont nous ne sommes que les survivants, viennent à notre rencontre dans nos rêves sous forme de *phantasma*, de même nous en dressons des effigies et les promenons dans la cité, les saluons lors de la cène, les protégeons dans l'atrium. C'est en tant qu'images, qu'ils sont les premiers morts « humains ». C'est le cœur de celui qui parle qui est la tombe vivante. C'est d'ailleurs ce qu'écrira Tacite, après que Loggin sera mort. Le vautour n'est que le dieu. Il n'est pas le lieu des *visiones*, des *phantasmata*, des *metaphorai*, des *imagines*.

*

Je n'ai trouvé dans les livres que j'ai lus ni un auteur ni un savant qui n'ait marqué son dédain pour l'œuvre de Marcus Cornelius Fronto et qui ne le traitât d'imbécile. Michelet assignait deux tâches à l'Histoire : faire réparation aux morts, en recueillant minutieusement leur splendeur déshéritée, et faire renaître à neuf le passé pour chaque époque neuve à l'instar de son aube propre.

Fronton est un des penseurs les plus originaux et des plus profonds que la Rome ancienne a connus. Il multiplie des images, il édifie de brusques mythes qu'on ne peut trouver nulle part ailleurs dans le corpus ancien. « Qu'est-ce que le sommeil ? Une goutte de mort aussi petite que peut l'être une larme qu'on dissimule versée dans le crâne des hommes *(ejus leti guttam unam aspersisse minimam quanta dissimulantis lacrima esse solet)*, telle est la cause du sommeil *(somnus)* et telle est la source des songes *(somnia)*. Une goutte de mort : telle est la clef des yeux humains *(claves oculorum)*. Le mot destin *(a fando, fata)* s'écoule de parler *(fari)*. Quelle est la fileuse dépourvue de sens *(insciens lanifica)* au fond de la parole qui exprime nos vies et leur cours ? Avions-nous tant besoin de la pause de la mort ? Pourquoi une lumière si prodigue a-t-elle été accordée à la cécité qui nous borne et à l'obscurité qui l'ensevelit ? »

Suivant quel destin les époques sont-elles plus rares (sont-elles moins nombreuses) que les langues ne sont distinctes ?

Rafales insensées de l'être dans l'abîme. Marcus ajoute : « *Pou nun panta ekeina ? Kap-*

nos kai spodos kai mythos è oude mythos. » (Que reste-t-il de tout cela ? Vapeur, cendre, mythe, et pas même mythe.)

*

Il ne reste que des lambeaux des *Principes de l'histoire* qu'avait composés Fronton. Les *Principia Historiae* commencent par la phrase suivante : « La puissance des Macédoniens, formée avec la violence d'un torrent, est tombée comme en un jour. » Le verbe qu'utilise Fronton est *occidere* : Leur temps fut l'occident d'un jour bref *(brevi die)*. Les époques, les mortels, les êtres dans le temps, progressent, marchent, « non pour arriver à un lieu, mais au soir » *(« non ad locum sed ad vesperum »)*. La poussière que leurs pieds soulèvent engendre le brouillard où ils se perdent. De là les *Laudes fumi et pulveris.* Des générations de professeurs durant plus d'un millénaire ont fait des gorges chaudes sur ce rhéteur décadent de la fin de l'Empire qui avait composé un *Éloge de la fumée et de la poussière.*

*

« *Vagi palantes, nullo itineris destinato fine, non ad locum sed ad vesperum contenditur.* » (Errants, dispersés, il n'est point de but à leurs voyages, ils marchent, non pour arriver à un lieu, mais au soir.) Ce texte, de caractère étrangement paléolithique, fait songer au mot de Gracchus : « Les bêtes sauvages *(ta thèria)* répandues dans toute l'Italie ont un gîte, une tanière, une caverne, et ceux qui combattent et meurent pour l'Italie, l'air, la lumière, rien de plus. Sans toit, sans demeure, ils vont, errants avec leurs enfants et leurs femmes. Les chefs mentent quand, pour encourager les hommes sur le champ de bataille, ils leur disent qu'ils combattent pour leurs tombeaux et pour leurs temples. Car pas un de ces Romains n'a un autel domestique, ni une sépulture de ses aïeux. C'est pour le luxe et la richesse des autres qu'ils combattent et qu'ils meurent. On les appelle les maîtres du monde : ils n'ont pas une motte de terre qui leur appartienne. »

Une autre image de Fronton prend soudain son sens, son sens préhistorique, son sens lithique. Le langage humain est un vieux *psophos* des pierres. Fronto dit qu'il ne connaît qu'une seule tâche qui mérite qu'on lui consacre sa vie : *« Verba vecte et malleo, ut silices, moliuntur. »* (Les mots se travaillent avec le levier, en utilisant un maillet, comme des cailloux.)

*

J'évoque les grottes de l'holocène. Pourtant je vis maintenant à la fin du IIe millénaire, en 45 après le présent. La rationalité toute métaphysique des archéologues fixe la présence du présent dans *« Before Present »* à l'année 1950. Je rappelle que ce fut le 31 janvier 1950 que le président Truman donna l'ordre de fabriquer la bombe H. La lignée qui va de Freud à Lacan, la lignée qui va de Michelstaedter ou de Heidegger à Grassi, la lignée qui va de Gourmont ou de Schwob à Caillois, c'est-à-dire à Borges, à Des Forêts, à Leiris, à Ponge, à Bataille, à Genet, à Klossowski, forment les trois directions dont j'ai déjà fouillé les cavernes, les déblais, les fossés, les à-pics dans les trois tomes des *Petits Traités* publiés à la galerie Clivages, dans les huit tomes des *Petits Traités* publiés à la galerie Maeght.

Hello derrière Bataille. Comme Thomas derrière Chateaubriand. Comme La Morlière derrière Stendhal. Comme Pétrarque derrière le Pogge. Comme le Pogge tenant dans ses mains Quintilien, comme le Pogge tendant les mains vers Cusa. Comme Cusa les tendant vers Vinci, vers Colomb, vers Bruno, vers Vico. Comme Cornelius Fronto derrière Marcus Aurelius. Comme Athenodotus derrière Cornelius Fronto. Comme Musonius derrière Athenodotus. Comme le *psophos* derrière le *logos*, comme une grotte inhumaine derrière le *psophos*, comme une mer s'abaissant et peu à peu découvrant une grotte dans le grand mouvement de sa vague.

*

Je ne ressuscite pas le passé de la rhétorique spéculative. Je classe des documents d'une tradition persécutée. Les rhéteurs que j'évoque sont les marranes de ce que Bataille appela une athéologie.

Les marranes pénétrant dans une église étaient requis de ne manifester aucune émotion, mais de réciter intérieurement une minuscule prière muette tout en demeurant debout, levant le visage, faisant face au crucifix exposé sur l'autel :

« Tu n'es qu'un dieu de bois. »

La crise philosophique affectant la pensée métaphysique depuis la fin du monde industriel, c'est-à-dire depuis la guerre que les historiens occidentaux ont capricieusement réputée pour être la Première Guerre mondiale, si cette crise a ôté à cette tradition la malédiction qui la frappait, n'en a pas mis au jour la virulence. Elle n'en a pas éprouvé réellement la profondeur. Elle n'en a pas exhumé la hardiesse, ni renouvelé les secrets. Elle n'en a pas fouillé les relais et les principaux sanctuaires. Elle n'en a pas médité le destin.

La pensée contemporaine l'a réprouvée sans égards, rejetant cette tradition comme l'eau du bain avec la cuvette, le bébé vivant, le *Semper vivens* et le pain de savon, sans rien distinguer de son histoire propre, de sa pugnacité, de ses valeurs caractéristiques, de sa fierté. Fierté est un mot français qui reprend le mot latin de *feritas*, qui veut dire : caractère des bêtes qui sont demeurées sauvages. Elle n'a même pas entr'aperçu les raisons de sa marginalité, son agnosticisme et son intrépidité, la mettant dans le même sac d'infamie appelé « nihilisme » pour la proscrire comme tout le reste, c'est-à-dire comme toutes les traditions occidentales à la suite des massacres et du génocide qui eurent lieu durant la guerre que les historiens occidentaux, peu grammairiens, eurent la boursouflure d'appeler la « Seconde Guerre mondiale ».

*

Quelque chose en nous, qui ne nous est pas destiné, trouve issue.

*

Dans les mouvements des vagues de la mer s'avance autre chose que la mer. Dans le frémissement des feuilles tremble autre chose que le vent. Dans l'éclat des yeux de la femme vivante qu'on aime brille autre chose que le reflet de la lampe ou la seule répercussion du soleil. Dans l'éclosion des fleurs fleurit autre chose que l'organe génital qui éploie puis essaime leur reproduction dans la saison future qu'elles ignorent, tandis qu'elles s'ouvrent et se colorent.

Dans les livres qu'ont composés les hommes morts, ce ne sont pas les morts qui se tiennent à l'affût comme des fantômes redoutables, mais un inqualifiable caractère vivace, une résurrection qui entre joie et douleur est à la frontière de la vie, persiste, ne s'achève pas, mais se poursuit et se tend et s'adresse. L'à-pic de l'abîme n'advient dans le vivant qui en est le fruit que comme façon de vivre, que comme symptôme imprévisible. Et non comme façon d'œuvrer volontaire, non comme un art.

La cruauté de l'appel au sein duquel nous existons selon une corporéité précaire et dans la forme d'une identité plus instable encore manifeste quelque chose d'indicible (de plus impétueux que la naissance hurlante des mammifères) et une destruction plus indicible (insubsumable par la seule létalité). Ce ne sont plus seulement les craquelures du pain qui présentent la gueule ouverte des fauves : une autre icône de Marcus prétend que les vagues qui roulent, venues du fond des âges, précédant la terre, s'élevant au-dessus du sable des grèves, s'abattant sur celles qui reculent déjà, sont des mâchoires.

*

Lorsqu'une société est dans l'attente de l'événement qui doit la supprimer, quand la peur, la détresse, la pauvreté, la déshérence et l'envie de tous contre tous sont parvenus à un état de maturité, comparables à des fruits dans la chaleur, une expression secrète et avide apparaît sur la plupart des traits des vivants qu'on rencontre dans les rues des villes qui sont les nouvelles forêts. Les visages qui nous entourent portent cette tristesse et manifestent ce silence qui se tend. Ce silence, malgré l'Histoire, c'est-à-dire à cause du mythe de l'Histoire, est toujours dans l'ignorance de sa *ferocia*. Les sociétés occidentales sont de nouveau dans cet état de terrible maturité. Elles sont à la limite du carnage.

*

Il en sera de l'Histoire qui vient comme de la psychiatrie du début de ce siècle, savoir déjà défunt qui distinguait avec précision la guerre qui l'incinérerait. À mesure que le réel aura cédé le pas devant le délire et ses inutiles raisons, l'avenir prendra de plus en plus, de façon cruelle, mélancolique, l'apparence du passé. Le passé reculera jusqu'à passer en revue ses plus vieilles fondations et rêvera de fouiller le langage dissimulé, masculin et secret, qui croyait l'orner. Michelstaedter disait que les mots, comme les œuvres, étaient des ornements de l'obscurité *(kallôpismata orphnès)*. Il se tua. C'était en octobre 1910.

*

L'Histoire, produit inhumain de l'humanité, signale de temps à autre l'orage dont elle n'est qu'un débris. Le temps est un éclair plus vaste que l'Histoire. Il faudrait un vrai physicien (un philologue) pour commencer à écrire la minuscule chronique des hommes. Les historiens professionnels, c'est-à-dire gagés, outre la bride de la légende qui les hèle, et qui retient les rênes au mors qu'ils ont élu, appuyant sur les dents, la bouche par conséquent définitivement entravée, dans les récits qu'ils font, la rapetissent encore. Les littéraires approchent leurs *litterae*, qui sont de minuscules lampes qui brillent autour de leur flamme, mais qui sont impuissantes à éclairer la nuit.

Tacite fut moins dissimulateur que Michelet, Suétone que Hegel, Tallemant que Friedrich Engels, la déesse Kâli que Tacite.

*

Les animaux qui chassent en courant sont grégaires. Ce sont les lycaons, les hommes et les loups.

Les animaux d'affût sont solitaires.

À quel appel répond le vautour ?

À quel appel répond le jaguar ?

À quel appel répond l'interminable affût solitaire du lecteur ?

*

L'empereur Marcus poursuivit toute sa vie son entassement d'images, sa collection d'icônes, son empire de métaphores et son trésor de harpons, de filets et de *formido.* Durant la guerre contre les Sarmates, l'empereur écrivit : « Une araignée *(arachnion)* est fière d'avoir pris une mouche *(myian)* ; cet homme un levraut *(lagidion)* ; cet autre une sardine *(aphyèn)* au filet; cet autre des sangliers *(suidia)*; cet autre des ours *(arktous)*; cet autre des Sarmates. Tous brigands *(lèstai).* »

Il ajouta : « Bientôt la terre nous recouvrira tous. À l'infini changera *(metabolei)* la nature qui en naîtra. C'est une agitation des vagues *(epikymatôseis).* »

*

Dans l'agitation des vagues sur la mer, on ne distingue aucun sillage.

À quel appel obéit la marée qui monte ? À quel appel le massacre ? À quel appel répond le trajet du Soleil dans la nuit et le jour ? À quel appel l'épidémie ? À quel appel répond la montagne ? À quel appel le fruit qui tombe ? L'automne ? Le printemps, le *primus tempus* ? L'été ? L'*aetas* ? À quel appel répond l'âge ? À quel appel répond la vieillesse ? À quel appel répond le fleuve ? À quel appel répond le silence des grottes ?

*

Toutes les questions qui peuvent être posées se contractent soudain comme le bourrelet d'une lèvre : elles se découvrent uniques. Toutes en questionnant questionnent : À quel appel répond le langage ?

Cette unique question, surgie comme une dent au-dessus de la lèvre des fauves, repose sur une énigme qui est beaucoup moins une que ne le laisse anticiper son énoncé : À quels appels répondent la dissociation des sociétés et la pluralité des langues ? Les philologues ont dénombré plus de onze mille langues humaines depuis que les hommes parlent.

À quel appel répondent les langues ?

*

Pourquoi Marcus, prince de Rome, vieux Romain, archaïsant, s'entretenait-il avec lui-même en langue grecque dans les douze volumes des *Choses pour soi* ? Il est exact que, dans son enfance, la langue grecque fut le langage de l'empreinte, avant qu'il devînt celui de l'intimité. Il est vrai que la langue latine était la langue officielle de l'Empire. Je propose une hypothèse plus simple. Je retiendrai de toute l'œuvre de Cornelius Fronto une petite lettre hâtive, qui d'une certaine manière condense toute la doctrine, ou du moins qui a concentré toute la rage qui s'est obstinée dans cette doctrine. Cette lettre, ce petit bout de lettre, adressée au jeune empereur qui doit parler le lendemain au sénat et qui lui a soumis son discours, est la suivante :

« *Miserere. Unum verbum de oratione ablega et quaeso ne umquam eo utaris dictionem pro oratione. Vale, domine. Matrem dominam saluta.* » (Pardon. Efface un mot dans ton discours et, je t'en supplie, ne te sers jamais de *dictio* pour *oratio.* Adieu, seigneur. Salue la souveraine ta mère.)

Oratio, c'est le langage humain. *Dictio,* c'est le fait de prendre la parole. Un discours écrit n'est pas une parole en l'air. Dans le baiser, disait Fronto, c'est le langage humain *(oratio)* qui est baisé. Il ajoutait : « Le baiser sur les lèvres est un honneur consenti au langage humain *(honorem orationi).* »

Je suppose que Marcus Aurelius *imperator* décida de faire en langue grecque ses *Excerpta* afin que l'*imago* sévère de Fronto s'éloignât enfin, à jamais, dans les enfers, y trouvât sa paix au bord de l'eau sombre, et ne fît plus jamais retour, inopinément, dans la goutte de mort latine du sommeil.

IIᵉ TRAITÉ

La langue latine

Un docteur de Milan, voyant qu'un oiseleur s'apprêtait à chasser des oiseaux à l'aide d'une chouette, lui demanda l'autorisation de l'accompagner. Le chasseur tout d'abord se fit tirer l'oreille, puis accepta de l'emmener avec lui. Ils allèrent vers les collines bleues. S'arrêtant à mi-pente, l'oiseleur installa ses filets et plaça le docteur à côté de la chouette, dans une hutte de feuillage, en lui recommandant de garder le silence, afin de ne pas effrayer les oiseaux.

Ceux-ci apparurent bientôt en très grand nombre dans le ciel. Ils voletaient lentement. Aussitôt le docteur s'écria :

« En voilà beaucoup ! Empressez-vous de tirer votre filet ! »

Entendant la voix, les oiseaux s'envolèrent à tire d'aile. Ils regagnèrent la montagne.

Sermonné par son compagnon, le docteur milanais promit de ne pas recommencer. Le temps passant, les oiseaux, ayant repris confiance dans le silence, un peu moins nombreux, leurs ailes plus fiévreuses, plus haut dans le ciel, revinrent. Le docteur dit alors en latin, croyant qu'en s'exprimant dans cette langue ancienne il ne serait pas compris des bêtes :

« *Aves permultae sunt !* »

Aussitôt dit, les oiseaux disparurent sans retour dans le ciel.

L'oiseleur, ayant perdu tout espoir de prendre des oiseaux, invectiva vivement son compagnon, tout d'abord parce qu'il avait rompu sa promesse, ensuite parce que, en rompant sa promesse, il avait rompu le silence. Le docteur demanda aussitôt à l'oiseleur :

« *Numquid Latine sciunt ?* » (Mais ils comprennent donc le latin ?)

Le docteur de Milan *(Doctor Mediolanensis)* pensait que ce qui avait fait fuir les oiseaux, ce n'était pas le son de la voix humaine *(non ad sonum)*, mais le sens des mots qu'il avait prononcés *(sed ad sensum verborum)*, comme si les oiseaux avaient compris qu'ils devaient songer à s'enfuir avant de se résoudre à disparaître.

*

Ce conte est la *Facetia* CLXXIX du Pogge. Il s'agit d'une chasse au nocturne. Chouette, en latin, se dit *noctua.* Premièrement, la facétie détache avec force *psophos* et *phônè.* Deuxièmement, elle souligne comment l'appréhension du langage s'efface d'elle-même dans la parole. Troisièmement, elle montre comment la causalité (qui n'est qu'un mythe de sorcellerie consubstantiel au langage) se transporte présomptueusement dans le réel qui ne l'abrite pas. Quatrièmement, elle expose les quatre façons selon lesquelles le signifié *(intellectam vocem)* peut régner dans l'esprit humain : engloutissant corps et biens le signifiant qui le supporte, omettant la chair qui le nourrit, perdant la mémoire de la bête qui l'engendre, perdant la conscience qu'elle s'y poursuit dans la prédation de la réflexion elle-même. Cinquièmement, à partir de la position athéistique du Pogge, cette facétie est enfin un court mythe qui rapporte comment le savant *(doctor)* est dépourvu de la science qu'il pratique *(indoctus)* et comment les sots *(amens)* peuvent ajouter foi à un dieu *(deus)* qui n'est qu'un effet du signifiant *(verbum)*.

*

Isidore Liseux, préfaçant sa traduction des *Facéties* du Pogge s'interroge : Quelle est la meilleure manière d'oblitérer les mots sexuels pour ne pas choquer le lecteur ? Si les mots vernaculaires sont d'une vigueur excessive, à la limite de la zoologie de l'intimité, les mots qu'utilisaient les anciens Romains, ceux de Caton, ceux de Porcius, présentent l'inconvénient de signaler l'impudicité à laquelle ils prétendent soustraire. C'est le signal de l'italique lui-même qui permet au lecteur d'apercevoir quelles sont les pages qui assouviront le mieux l'impulsion qui l'a décidé à les entrouvrir. Dissimuler les mots indécents sous leur forme latine dans les récits érotiques, loin d'habiller leur infamie, braie d'autant plus grossièrement vers le lecteur, surgissant au milieu de la page comme autant d'offrandes indicibles : le corps italique rappelle le corps obscène dans les moments où, dans la précipitation de la concupiscence, il désordonne les linges qui le vêtent et laisse surgir, soudain, le vestige de la bestialité.

*

Quelque précaution que nous prenions, nous ne savons pas ce que nous faisons. Nous ne saurons jamais pourquoi nous avons vécu. Durant toute notre vie nous ignorons pourquoi nous avons été des individus vivants durant cette brève durée. Lecteurs, nous ne savons même pas pourquoi nous obéissons à cette nécessité de tellement lire et nous ignorons ce qu'elle signifie. Nous ignorons tout des signes que nous adressons à des êtres que nous ne connaissons pas.

Nul n'entend sa voix, qui est un visage. Nul n'entend son accent, qui est un lieu. Nul n'entend l'inflexion de sa voix, qui tend la carte de visite presque japonaise du signe d'appartenance sociale qu'il appelle de ses vœux. Nul n'entend et tous obéissent à ce son, à cet accent, à cette inflexion qui les guident. Nos plaintes démasquent en nous une triste jouissance. Nos protections nous accusent. Nos phobies racontent notre vie de façon plus indécente et plus directe que nos rêves eux-mêmes. Nos habits dressent par le menu la liste de nos héros. Nos vices confessent moins le régime de nos plaisirs que l'ombre de nos épouvantes. Notre corps n'est que l'esclave asservi à tous ceux auxquels il s'est identifié, c'est-à-dire aux tyrans familiaux, morts depuis longtemps, qui tyrannisent d'autant plus vivement ce corps qu'ils ont généré qu'ils sont ensevelis, dans le désir où nous sommes de les rapatrier en nous comme en des tombes. Notre apparence tend ses chaînes à la domination errante. Notre regard dit tout et les lunettes noires encore davantage. La maxime de Descartes, *« Larvatus prodeo »*, est une injonction qui est plus impossible encore que la sincérité elle-même qui nous est impossible à force d'ignorance sur nous-mêmes : avancer un masque, en latin une *persona*, exhibe dans son élection encore plus de soi que la complexité *immedita.* Nul ne sait ce qu'il montre quand il cache. Apuleius met en scène un homme si malheureux que les sanglots le prennent, quand son ami lui rappelle le souvenir d'une femme qui le désire et dont il a peur. Comme il couvre à l'aide de sa tunique rapiécée son visage boursouflé de douleur, il dénude, du nombril *(umbilico)* au bas-ventre *(pube)*, le reste de son corps.

« Vivre une époque, écrivit Mishima avant de se donner la mort au cours d'une cérémonie singulière, c'est être incapable d'en comprendre le style. On peut s'arracher sans le savoir à son temps mais on ne peut qu'en ignorer la nature et la fonction. » Les poissons ne perçoivent pas plus le bocal qui les contient que la table qui le porte.

Yukio Mishima ajouta : « La conscience, c'est ne pas voir qu'on boit dans un crâne humain. »

*

Nous débordons d'un signifiant qui nous déborde nous-mêmes et auquel nous sommes complètement aveugles. Nous faisons fuir les oiseaux. Sans cesse nous sommes un enfant, un *infans* à quatre pattes, qui demande la parole et qui, une fois qu'il a obtenu le silence, ne parvient pas à l'articuler. Dans les *Métamorphoses*, Lucius, transformé en âne, parvient à s'échapper de la bande des voleurs qui l'ont dérobé à son maître. Il galope au travers de la ville, il pénètre dans le souk, il atteint la place principale : « Au milieu des groupes d'hommes, tous composés de Grecs, utilisant la langue des Romains, je tentai d'invoquer le nom de César. J'arrivai bien à pousser un O distinct, sonore *(O disertum, validum)* mais le reste, le nom de César *(Caesaris nomen)*, je ne parvenais pas à le prononcer. »

Les voleurs, entendant ce cri discordant *(clamorem absonum)*, reconnaissent le son de leur âne, avancent dans le souk, arrivent sur la place, remettent la main dessus, le tirent par la bride, le frappent brutalement avec leurs fouets.

Personne sur la place du marché ne reconnaît un homme qui en appelle à l'empereur dans un âne qu'on bat et qui cherche à hennir. Tous s'amusent d'une scène ridicule qui est nos vies.

Nous ne parlons pas : nous donnons l'alerte. Quoi que nous fassions, nous brayons. Quoi que nous exprimions, nous bruyons.

*

Il est des signifiants plus silencieux que les ânes ou l'océan ou les cités.

Les livres sont les signifiants de la langue qui sont absolument silencieux.

Les livres écrits prouvent (au contraire des avertissements des traducteurs et des déductions des philosophes) que quelque chose se communique assez volontiers, d'un homme qui appartient à une langue à un homme parlant une autre langue, et qui n'est en aucun cas la lettre de leur langue.

Pogge et Cusa se connaissaient, s'aimaient. L'un comme l'autre durent leur premier renom à la découverte des volumes anciens qu'ils avaient exhumés dans les monastères et les tombes anciennes, quelque temps qu'il fît, en quelque état que fussent les routes, les grèves, les lacets des montagnes, les bois, les chemins.

Les armoiries parlantes du secrétaire apostolique Poggio Bracciolini étaient un dextrochère armé d'un javelot.

Au cours des années les plus ensanglantées de l'Histoire de l'Italie médiévale, l'anarchie étant dans Naples, la Lombardie déchirée, le Milanais et la Vénétie dévastés, les États de l'Église et les villes indépendantes soit rançonnés, soit pillés, dans cet orage sans cesse crevé et sans cesse menaçant à nouveau, le Pogge vécut dans le calme. Sa chambre était silencieuse. Sans dextrochère, les deux mains valides, il lisait. Le secrétaire pontifical Poggio était d'une indifférence absolue en matière de religion. Il marquait son mépris autant pour les martyrs et pour les hérésies que pour les groupes religieux agrippés au pouvoir central dont il dirigeait le secrétariat dans la Ville éternelle. Il collectionnait les livres. Parfois il prenait sa mule, il s'entourait de chariots, il grimpait dans une tour en ruine pour se réapprovisionner en livres disparus. Cela s'appelle renaître. Ce sont les premiers Renaissants. Barthélemy de Montelpulciano a montré le Pogge serrant contre son sein, en pleurant, dans un grenier de l'abbaye de Saint-Gall, un Quintilien complet souillé d'ordures, gluant de poussière, qui est le thesaurus de la rhétorique spéculative romaine.

*

Des siècles et des siècles étaient passés. La langue dans laquelle ces livres avaient été écrits était morte. Ils en recevaient cependant l'appel dans une intense émotion.

*

Ils revinrent. Le docteur et l'oiseleur s'en retournaient à Milan. Le docteur de Milan suivait avec peine l'oiseleur qui portait ses filets sur son épaule, changeant d'épaule.

Dans la campagne, le jour se leva.

L'oiseleur, s'asseyant sur une roche, fit halte, pour attendre le docteur. Il leva la tête. Il vit les étoiles s'effacer dans le jour.

Les étoiles ne se retirent pas devant la lumière du jour.

Elles demeurent, indifférentes, dans le ciel, à leur place.

Seul l'excès de la lumière les engloutit.

*

Le docteur de Milan, épuisé, s'assit sur la roche, à son tour, à côté de l'oiseleur. L'oiseleur se tourna vers lui, ouvrit la bouche, et son haleine se matérialisa sous la forme d'un brouillard blanc qu'on vit planer un instant au-dessus de ses lèvres dans l'air transparent et glacé, faisant voir soudain que la parole humaine était non seulement autre chose que le sens qu'elle croit manifester, non seulement autre chose que les langues dont elle dispose et qu'elle déploie, mais encore autre chose que la matière sonore par laquelle elle se fait entendre aux oreilles des hommes.

IIIe TRAITÉ

De deo abscondito

Je vais montrer une tête d'homme en larmes, un voyage en galère sur la mer, une cuillère en bois. Il mourut au moment de la plus grande chaleur de l'été, en Ombrie, à Todi, le 11 août 1464. Nicolas Krebs, tel était le nom du cardinal de Cues. Andrea Bregno sculpta le marbre de son tombeau dans l'église de Saint-Pierre-aux-Liens à Rome. Il était né à Cusza, qui est un minuscule village dans une boucle de la Moselle, qui elle-même compte parmi les rivières les plus lentes de la terre. Cryfts, Krebs en allemand, cancer en latin, écrevisse en français, était un batelier qui convoyait à l'autre rive escarpée et au Burg Landshut. La légende de l'enfance de Cusa est célèbre. Stendhal l'a reprise au début du *Rouge et le Noir.* Son père, nautonier sur la Moselle, le surprend à lire, adossé au bois de la barque, le frappe d'un coup de rame, le jette à l'eau. « Chien de lisard ! » L'enfant perd son livre dans l'eau, rejoint à la nage la rive, fuit la maison du batelier. Il propose ses services dans le château du comte de Manderscheid.

Le premier grand traité de Cusa est le *Dialogus de deo abscondito.* Il commence par des larmes.

*

— *Video te prostratum et fundere lacrimas. Quid adoras ?* (Je te vois prostré, en train de verser des larmes. Qui adores-tu ?)

— *Deum.* (Dieu.)

— *Quis est deus quem adoras ?* (Quel est le dieu que tu adores ?)

— *Ignoro.* (Je l'ignore.)

— *Quomodo tanto serio adoras quod ignoras ?* (Comment peux-tu adorer jusqu'aux larmes ce que tu ignores ?)

— *Quia ignoro, adoro.* (Ignorer adore.)

— *Mirum video hominem affici ad id quod ignorat.* (C'est une chose qui me paraît étonnante, qu'un homme éprouve de l'affection pour ce qu'il ignore.)

— *Mirabilias est hominem affici ad id, quod se scire putat.* (C'est une chose qui me paraît encore plus étonnante, qu'un homme éprouve de l'affection pour ce qu'il pense savoir.)

— *Cur hoc ?* (Pourquoi cela ?)

— *Quia minus scit hoc, quod se scire putat, quam id, quod se scit ignorare.* (Parce qu'il sait moins ce qu'il pense savoir, qu'il sait qu'il ignore.)

— *Declara, quaeso.* (Explique-toi, je te le demande.)

— *Quicumque se putat aliquid scire, cum nihil sciri possit, amens mihi videtur.* (Quiconque pense qu'il sait quelque chose, rien ne pouvant être su, me paraît être un homme sans tête.)

*

Le *Traité du dieu abscons* fut composé en Allemagne, à Cues, en 1444. Un homme en larmes convainc un homme interloqué : 1. qu'on ne peut pas connaître par les étants l'être ; 2. qu'on ne peut pas connaître par les mots la source du langage ; 3. qu'on ne peut pas connaître par les créatures la nature de ce qui a créé ; 4. qu'on ne peut pas nommer ce qu'on ignore. Ce qui oppose l'objet et le sujet, ce qui divise le monde et la conscience, ce qui sépare la vie et les œuvres de l'humanité, le silence et le langage, l'abîme et la forme, l'insensé et le sensé, la sauvagerie et la raison ne sont rien d'originaire : « *Quomodo potest veritas apprehendi nisi per se ipsam ? Neque tunc apprehenditur, cum esset apprehendens prius et post apprehensum.* » (Comment peut-on appréhender la vérité si ce n'est pas par elle-même ? S'il y avait d'abord celui qui apprend, ensuite ce qui est appris, nous ne pourrions apprendre.)

*

Celui qui ne sait pas ce qu'il vit commence à naître. Celui qui ne sait pas ce qu'est le monde commence à poser le pied sur la terre. Le langage est le lieu d'un secret qu'aucun parleur n'approchera. L'incompréhension est le filet, l'ignorance la prise, le milieu de l'air la ténèbre, l'humanité le guet (la *theôria*), la proie ce qu'on ignore. Cusa reprit à Raymond Lulle l'Aragonnais l'idée du sixième sens *(sensum sextum)* pour nommer le langage humain lui-même.

La proie est inconnue. Inconnue, elle se cache *(abscondita)*. Toute l'histoire humaine (généalogique, onomastique, linguistique, politique, noétique, artistique, scientifique), à l'image de la chasse même où elle prend naissance, est un immense cache-cache. Cache-cache veut dire : des enfants élisent un chasseur qui ferme ses paupières tandis qu'ils dissimulent leurs corps dans le lieu. L'être est une proie qui n'est pas une proie et dont tout le site est la cache. L'erre ou les hardées qu'il laisse après lui ne sont jamais son mufle ni son bois. Mais qui laisse son mufle après son passage ? Ses effets n'expriment pas la cause. *« Si enim te interrogavero de quidditate ejus, quod te putas scire, affirmabis quod ipsam veritatem hominis aut lapidis exprimere non poteris. Sed quod scis hominem non esse lapidem, hoc non evenit ex scientia. »* (Si en effet je t'interroge sur la quiddité de ce que tu penses connaître, tu affirmeras que tu ne pourras pas exprimer soit la vérité de l'homme, soit la vérité de la pierre. Mais le fait que tu saches que l'homme n'est pas la pierre, cela n'advient pas du fait de la science.)

*

Cusa écrit avec force : « Le plaisir que procure l'étude n'est pas la fin de la connaissance. Mais l'accroissement infini de l'ignoré est la tâche, et l'amplification de l'impénétrable secret la récompense. »

Sans cesse, il faut guetter et attendre ce qui n'a pas été filtré par le langage. Ce qui n'a pas été filtré par le langage, tel est l'ignoré. Le mot « Dieu » n'est que le nom propre maximum. La création ontologique n'est pas un nom propre : elle affronte l'unité comme la capacité d'universer, de « rendre un » l'univers : *« Unitas dicitur quasi ôntas ab ôn Graeco, quod Latine ens dicitur. »* (Unité correspond à ontité, qui vient du mot grec équivalent au latin *ens.*) Cusa refuse que Dieu, ou l'*Ôntas*, ou l'Univers soient le bout de l'ignorance. L'ignorance est le chemin de l'homme ou plutôt, précise le dernier Cusa, un mouvement *(motio)*, une émotion, une *dynamis* à laquelle l'ignorance s'identifie. La pensée humaine *(mens humana)* n'est le miroir d'aucun étant. Cette âme est plus une *animatio* qu'une *visio* puisque ce que cherche l'ignorance, elle l'ignore. La pensée est un *raptus* de l'ignoré (dans le non-gnosique, le non-théologique, le non-métaphysique). Ce que cette ignorance prend en charge est le fait même du langage, c'est-à-dire la quoddité du langage, c'est-à-dire l'existence vernaculaire du langage humain et son origine indéductible. Dans les *Dialogues*, peu à peu ce n'est plus le *Christianus* qui parle, ce n'est plus le *Philosophus* qui parle, ce n'est plus l'*Orator* qui parle, mais le *Profanus*, puis l'*Idiota*. Le profane, le vulgaire, l'idiot obéissent au langage vernaculaire (au langage non sacrifié par le nomothète, non découpé par le philosophe). Cette obéissance au langage mène plus loin que la foi ou la philosophie : *« Et haec est omnipotentia ejus, qua quidem potentia omne id, quod est aut non est, excedit, ut ita sibi oboediat id quod non est sicut id quod est. »* (Car telle est son omnipotence, par laquelle sa puissance est supérieure à tout ce qui est et à tout ce qui n'est pas, en sorte que lui obéissent autant ce qui est que ce qui n'est pas.) Le verbe employé par Cusa est *oboediat.* Obéissance vient d'*obaudire. Obaudire*, c'est entendre et se soumettre au dit au point d'obéir. Le latin *obaudentia* a fait le français

« obéissance ». Le réel ne peut s'opposer au langage comme son autre que s'il est insaisissable au signifiant. C'est pourquoi, au terme de sa vie, Cusa efface avec toujours plus d'effervescence les mots qui prétendraient désigner ce à quoi il nous faut obéir davantage. Le mot grec chemin *(methodos)* est éliminé. Le mot grec *dynamis* est lui aussi éliminé. En 1463, à Rome, Cusa compose le *De venatione sapientae.* La *venatio* signifie, en latin, la prédation. C'est l'art de la cynégétique elle-même : la défusion du primate primitif. Seul, le recours à l'*imago* de la chasse initiale peut approcher l'antériorité parce qu'elle l'approfondit. L'animation de l'âme en tant que pensée, la narration au sein de l'être en tant que temps porteront toujours sur l'antériorité abyssale de ce que Cusa nomme l'inattingible *(inattingibilis).* Elles commémoreront toujours la proie sans visage et sans nom que l'on suit à la trace et par laquelle on devient homme en la suivant à la trace. Une altérité antécédera toujours. Il n'est pas de pensée authentique qui ne fasse éclater l'expression ou quelque forme de rationalité que ce soit. « La raison n'atteint pas ce qui la précède » *(De non aliud,* 184*).* Lorsque Cusa propose le nom de *non aliud* pour dire l'être, c'est-à-dire le non-autre de l'altérité inconnaissable, il avance comme argument que le non-autre est plus simple que l'un, qui n'est que l'autre du non-un. De la même façon, pour chercher à montrer du doigt la fécondité indicible, s'efforçant de donner à l'idée d'être un caractère plus dynamique qu'identique, il contracte les verbes *posse* et *esse.* Il cherche à mettre en acte leur métamorphose bondissante sous la forme de l'indicatif présent. Il propose *Possest* : ce « pouvétant » est presque une épouvante. *(Et quia quod est, actu est, id eo posse esse est tantum quantum posse esse actu. Puta vocatur Possest.)*

*

La thèse athée qui suit comme un chien les sophistes grecs et les déclamateurs romains, la Renaissance la ranima. La première Renaissance a proposé en 1444 un argument a posteriori de l'inexistence de Dieu. Si tout étant suppose l'être, Dieu aussi le suppose. Cette supposition anéantit à la fois son antériorité dans l'ordre des étants et sa suprématie sur eux. C'est pourquoi l'humanité a consommé beaucoup plus de divinités qu'elle n'a connu de langues, pourtant nombreuses. Tout rhéteur — tout homme qui fait le pas en arrière dans le langage dont la possession le définit — est athée. En tant que superlatif, l'*ens supremum* supposera encore le langage d'où a jailli la possibilité superlative. En tant qu'immortel, il supposera encore la mort et le temps auxquels sa notion prétend s'opposer. Poussières de poussières dans le souffle *(flatus)* des mots. Pour la rhétorique fondamentale, la pensée ne peut pas fonder cet effet du langage qu'est l'étant Dieu, l'arracher au langage humain, et le placer rétroactivement à la source du monde. Pas plus qu'elle ne peut définir un *homo* antélinguistique, fondateur de l'*humanitas,* en opposition à la chaîne des primates a-linguistiques dont l'espèce ne s'est jamais échappée, afin de le situer rétroactivement à l'origine de notre essence propre. On reconnaît aussitôt ce type de pensée, les grands athées rhéteurs : Euripide, Eckart, Montaigne, Shakespeare. Platon en fondant de façon systématique la philosophie était en droit de haïr les sophistes pour leur impiété : car ils étaient impies. Il est possible que la philosophie et la théologie aient une nécessaire répugnance à reconnaître l'écran rhétorique qui les protège et à obéir à la matière linguistique qui les fonde, parce que l'athéisme les menace dans les deux cas.

La mystique rhénane retournant à Proclus, à Plotin, à Damaskios et à Denys, telle fut la tâche propre du Cusan, aboutissant au *nexus* de sa pensée (à la ligature propre de son *logos*), permettant son coup de force ontologique. En d'autres termes, ce que Cusa, ouvrant la Renaissance à Cusza puis dans les États de Rome, a appelé une ontologie « conjecturale » fit renaître ce que j'ai nommé, dans le monde des Anciens, une rhétorique « spéculative ».

Le langage qui donne ce qu'il n'a pas, telle est la rhétorique. Cusa le nomme *conjectura*. C'est encore une *jactura*, une *jaculatio*, un jet.

La *jactura* veut dire au sens propre le sacrifice. La conjecture invente un don qu'aucun dieu (qu'aucun antécédent) n'implique dans sa puissance, ni ne vient fonder dans son effet.

*

Que veut dire abîme en grec ? Le sans-fond. L'aséité de l'impulsion et son irréductibilité au langage face à la pluralité des langues et des civilisations creuse un *hiatus*, une bouche ouverte sans fond, un *abyssos*. Une bouche ouverte sans fond, abyssale, cela définit un autre mot grec : *chaos*. Voilà ce qui creuse entre être et monde un abîme que le temps (et le poids de la métamorphose des langues, non pas les langues comme *metamorphôsis*, mais le poids de leur *metabolè* sur elle retombant comme une ombre) ne cesse de rendre plus profond. Quel est le nom de cet abîme au cours de la phylogenèse ? *Historia*. L'Histoire humaine. Le poids de cette métamorphose au cours de l'évolution humaine peut-il être calculé ? Elle pèse onze millénaires sur deux mille neuf cent millénaires.

*

Notre tête n'est pas le maximum de l'univers. Notre corps n'est pas le maximum de la bestialité mammifère. La conjecture fait l'aveu qu'au-delà du langage le superlatif s'effondre. L'absolu ne se dit pas parce qu'il ne saurait être absous du langage qui en dresse l'*imago*. Michelstaedter écrivait à l'automne 1910 : « L'absolu, ne le connaissant pas, je le connais comme celui qui souffre d'insomnie connaît le sommeil. » Une telle insomnie, entravant le *phantasma* qui brille dans le songe, redéfinit le statut de l'image. Nous errons entre le plus vrai et le moins faux. Telle est la conjecture, savoir incertain, énigmatique et propre à l'espèce qui est devenue expérience de ce qu'elle ignore. Le *paradoxon*, la coïncidence des opposés, la *metaphora*, le transport d'un visage de bête sur la face d'un homme, sont la seule main qu'elle tend.

Et cette main dans les feuillages, dans les cavernes, dans la mer, dans l'espace et dans le temps ramène infiniment : ramène l'infini de ce qu'elle ignore.

*

À une tête d'homme en larmes s'ajoute un voyage en galère sur la mer. À la fin du *De docta ignorantia*, Cusa explique, dans une lettre finale adressée au cardinal Julianus, quel fut le lieu où il connut la révélation de l'ignorance : « C'est sur le navire qui me ramenait de Grèce que j'ai été conduit à embrasser de façon incompréhensible *(incomprehensibiliter)* l'incompréhensible *(incomprehensibilia)*. »

D'où venait le navire ? De Grèce *(ex Graecia redeunte)*.

Sur quoi se déplace un navire ? La mer *(in mari)*.

Cette Grèce est la Grèce ancienne qui est derrière Constantinople. Ce nautonier n'est pas Krebs mais Charon : c'est le nautonier des Enfers qui ramène les Renaissants sur la rive vivante des Byzantins de Venise. La mer, c'est Panthalassa précédant l'érection de la terre. Il y a un visage invisible *(incomprehensibilis)* dans ce maximum contracté qu'est l'univers *(maximum contractum)*. Le ciel nocturne incluant la mer antérieure — et la galère pontificale qui flotte au-dessus, d'où Cues observe l'unité du tout qui le comprend — est une espèce de visage. Contempler le ciel, la mer, la nuit, leur *nexus*, est un vestige de la vision faciale. Le vestige ne présente jamais la force d'une image. Cette image, lors de l'autosuppression du langage, atteint presque l'*ostensio* par Dieu de sa face dans l'obscurité de l'extase. Mais il n'y a pas de Dieu, ni de nom de Dieu, ni de visage pour la source des visages, ni de *pneuma* pour la rafale de leurs noms, pas plus qu'il n'y a de corps ni de site pour le *semen seminum*.

C'est ainsi que, quand le Cusan veut exprimer ce caractère extatique, énergique, de l'ignorance qu'il a ressentie au centre de la mer, il a recours à une icône qu'il emprunte au pseudo-Hermès. C'est l'image du cercle infini, dont le centre est partout et la circonférence nulle part, qui seule peut peindre l'*imago* de la vision faciale. C'est une image qui, dès l'instant où Cusa l'applique à l'univers, ne s'imagine plus. Une image qui ne s'imagine pas, cela s'appelle un paradoxe. C'est une vision invisible. Cette image est elle-même, dans la profondeur inimaginable du point, du *punctum*, un abîme central à l'intérieur de ce point pour dire la mer, pour dire la nuit, pour dire l'univers, pour dire la galère qui y flotte, pour dire l'œil qui les voit et ne voit rien.

« Soit, à partir de notre nature animale, nous cherchons à toucher la montagne et nous ne touchons rien. Soit, essayant de la regarder d'un œil purement intellectuel, nous tombons dans la ténèbre. Mais nous savons que la montagne est là dans la ténèbre même et qu'elle est le lieu. » Tout le savoir humain, devenu ignorance humaine, devenu conjecture quant à l'être, se transforme en facture humaine quant au monde. Le fait même de la connaissance chez l'homme est la trace de sa finitude. Aucune ontologie positive, aucun savoir absolu ne lui sont possibles. *Homo* est *Faber. Homo* ne sera jamais *Sapiens.* Il est — comme sur les parois des grottes paléolithiques — un infigurable, une ignorance, une expérience de l'ignorance, une imitation des proies et des moyens de prédation, une ignorance affamée.

Ignorantia qui est deux fois *docta,* sachant qu'elle ignore, sachant que l'ignorance fabrique. C'est la formule fière du deuxième chapitre du *Liber primus* du traité de la savante ignorance : « J'ai mis au jour de façon directe la racine elle-même de la savante ignorance dans l'inaccessible précision de sa vérité *(radicem doctae ignorantiae in inapprehensibili veritatis praecisione statim manifestans).* »

*

Nous appartenons à la nature par le sperme, par le lait, par la chair, par le sang, par la mort.

Par le cerveau encore nous en faisons partie.

Par la violence du langage en nous, nous en faisons aussi partie.

Nous n'avons pas à obéir à d'autre source que celle dont nous fûmes faits, c'est-à-dire sans cesse ramener à la secousse vivante de la conception d'où seulement la vie surgit. C'est cette nuit vivante, cette crise, ce foyer non subjectif, sans nom, anonyme, brûlant en tous, ayant brûlé en tous, secouant, criant, s'épanchant, où rien n'est encore, où ni l'individualité ni le nom ni la loi ni rien de social ne s'aperçoivent. C'est dans ce sens que la vie est sans fin, que le but de l'œuvre ne peut être subjectif et que le projet du rhéteur ne peut être personnel : il ranime un foyer qui est dans tous dans la mesure où il est dans chacun. Ni collectif ni individuel est le projet de l'art ou de la pensée, le jet de l'art ou de la pensée (puisque l'un comme l'autre ignorent sa fonction comme sa fin). Il est l'*hypsos*, il est le plus extrême du corps singulier de chacun, plus exposé que l'âme, la peur, l'identité, la cité, la langue, le nom.

*

Le pseudo-Hermès, le pseudo-Longin, le pseudo-Denys l'Aréopagite : j'ai pris l'habitude, dès que je vois l'adjectif *« pseudo »* affecter une identité, de présumer que la tradition que je cherche à réveiller est là, dans le mépris ou même le désaveu d'existence qui s'appliquent à la soustraire. La Renaissance est une suite de pseudos. La Renaissance selon Fronton et Marc Aurèle, la Renaissance selon Denys et Damaskios, la Renaissance selon Alcuin et Charlemagne, la Renaissance selon Poggio et Cusa est toujours le retour au texte qui précède et à l'ignorance théologique volontaire.

Cusa identifiait Denys de l'Aréopage avec le disciple de saint Paul qui avait vu Dieu et n'avait jamais su le décrire. Il pensait le secret de l'ignorance comme une chaîne d'or. Il associa la chaîne des mystiques spéculatifs du nord de l'Europe et des rives du

Rhin à celle des écrits néoplatoniciens de Constantinople. Les hommes sont des Ignorants dont le langage est la chaîne. Les chaînes n'ont pas à être nombreuses : le Pogge et Cusa se connurent. Cusa connut Toscanelli, qui l'assista dans la mort. En 1450, alors qu'il faisait paraître l'*Idiota*, c'est Cusa qui appuya auprès du pape Nicolas V la candidature de Laurent Valla, l'auteur du *De voluptate*, au poste de secrétaire apostolique. Léonard de Vinci se passionna pour l'œuvre de Cusa. Giordano Bruno fit de même, prit une galère, parvint à Londres, rencontra Shakespeare, etc.

Ce sont des chaînes discrètes, des relais rares et indiscutables dans le monde, au cours du temps, et qui portent sur un si petit nombre d'hommes, presque silencieux, de lettré à lettré, ou entièrement silencieux, de lettre à lettre.

*

Le 27 novembre 1437, au coucher du Soleil, les galères pontificales et les trières grecques impériales hissèrent les voiles et soudain la nuit les absorba.

L'arrivée eut lieu de jour, le 8 février 1438, à Venise, la flotte étant accueillie dès Saint-Nicolas-du-Lido par le doge et par le Sénat ayant revêtu leurs habits de soie pourpre, placés sur le Bucentaure et sur douze galères, entourés de la foule des gondoles des citoyens. C'est donc entre ces deux dates, à bord d'une galère, en compagnie de l'empereur, du patriarche de Byzance, du moine Bessarion, de l'historien Syropoulos, de tous les autres érudits de la cour impériale et du patriarcat d'Orient, que Cusa connut l'impulsion ou l'extase que je viens de décrire et qui bouleversa la suite de ses jours, puis qui provoqua la ténacité de ses écrits. Adossé au bois de la galère, comme adossé au bois de la barque plate de son père, nautonier mosellan. Le 5 juillet 1439, fut proclamée à Florence, sous la coupole de Sainte-Marie-des-Fleurs, l'union des Églises grecque et latine. Le 12 décembre 1452, fut proclamée à Constantinople, dans la basilique Sainte-Sophie, l'union gréco-romaine. Le 29 mai 1453, les Turcs s'emparèrent de Constantinople. Sainte-Sophie fut transformée en mosquée. Tout est métamorphose.

*

Il n'y a pas d'Orient à ce monde.

*

Ce monde est sans accueil. Aucun dieu ne montre, ni n'appelle. Toute œuvre véritable, comme tout individu véritable, est d'abord un « ce qui n'est pas ». N'étant conforme à rien de ce qui est déjà, ce qui n'est pas encore ne correspond à rien. Il faut œuvrer à partir de ce qu'on ne sait pas pour atteindre on ne sait où.

Aucun maître et aucune critique ne sont à suivre.

Il n'y a aucune étude de marché à instrumenter pour s'assurer que ce qui n'est pas ne sera pas attendu par ceux qui l'ignorent.

Il n'y a aucune science possible, critique possible, conseil possible, volonté possible pour ce qui n'est pas. Aucune étoile ne guidant, il faut suivre fermement l'étoile absente du langage.

*

Il y a bien des années que je me suis abandonné corps et biens à l'aimantation irrésistible qui attire ce qu'on fait et ce qu'on vit, qui fabrique de soi-même ce qu'on fait, qui accroît de soi-même ce qu'on vit, qui ne va nulle part, qui n'est nulle part comme un objet, qui n'est nulle part comme une proie qui se tiendrait debout, immobile, et qui se détacherait sur l'horizon, qui n'est que le terrible mouvement de l'affamé, du désirant, de cet élan qui s'emporte comme le vent s'emporte lui-même, qui s'élève comme la vague s'élève.

Il n'y a pas d'œuvre qui ne renvoie à une faim qui la domine et qui ne replonge dans un silence d'autant plus tumescent qu'elle le dresse en abîme plutôt qu'elle le comble. Le langage n'est pas une fenêtre qu'il faudrait offusquer, afin de mieux voir, comme les philosophes autrefois le prétendaient au début de leur méditation, ou de leur argumentation, ou de leur système déductif. La raison ne peut pas plus se connaître que la cécité ne peut se voir. Le langage ne peut que déployer son être et son indéductible violence, mais non l'exprimer. Un livre est ce langage ignorant. C'est un langage signifiant contre la langue commune. Rares sont les œuvres. Qui aime la langue n'est pas écrivain. Celui qui écrit en silence devient le langage qui ignore.

*

Quel est le début du traité de l'*Idiota de mente*? Sur un pont de Rome, un homme se tient debout, immobile. Il tient ses yeux fixés sur rien. Il ne regarde ni le ciel ni le Tibre. Cet homme debout sur un pont de Rome est présenté comme le « plus grand philosophe ». Un orateur qui habite l'*Urbs*, à qui on apprend sa présence, se précipite, court dans la ville, le reconnaît à la pâleur de son visage *(ex faciei pallore)*. Il approche de la longue et grande toge qui tombe aux pieds du philosophe. Il lui demande quelle raison *(causa)* le retient immobile *(fixus)* sur ce pont de Rome.

« "Admiratio", inquit. » (C'est l'étonnement, répond-il.)

Ils quittent le pont. Ils quittent la Rome vivante et s'engagent dans les ruines. Le philosophe *(Philosophus)* fait confidence à l'orateur *(Orator)* qu'il a désiré venir à Rome parce qu'il avait entendu parler du temple qu'Attilius Crassus avait dédié à la pensée sur le Capitole *(Audiveram ex templo Menti per T. Attilium Crassum in Capitolio dedicato)*, où étaient rassemblés tous les écrits philosophiques portant sur la pensée humaine.

L'*Orator* dit qu'il n'en existe plus rien.

Tout est ruines. Ils errent dans les ruines. Ils parviennent près du temple de l'Éternité *(prope templum Aeternitatis)*. Ils marchent en méditant. Le savoir, la pensée, l'éternité sont des ruines.

Ils avisent près de là, parmi les pierres, un petit local souterrain *(subterraneum quendam locellum)*, où ils descendent. Ils y trouvent un idiot *(Idiota)* en train de fabriquer une cuillère en bois *(ex ligno coclear experimentem)*. L'*Idiota* les regarde descendre les marches. Il continue de fabriquer sa cuillère en bois. Il dit :

« *Coclear extra mentis nostrae ideam aliud non habet exemplar.* (Hors de l'idée que nous nous formons d'elle par la pensée, la cuillère ne possède aucun modèle.) Quand je tire du bois des cuillères, des soucoupes et des jarres *(cocleares, scutellares et ollares)*, je n'imite pas quelque chose qui se trouve dans la nature. Je ne copie la figure d'aucun étant. De telles formes, celles des cuillères, des soucoupes et des jarres, ne proviennent que du seul art humain *(sola humana arte)*. Ma technique *(mea ars)* par conséquent est plus un perfectionnement *(perfectoria)* qu'une imitation *(imitatoria)* des formes créées, et en cela elle ressemble davantage à l'art infini qui s'ignore. Un est cet art. » Tout est sans modèle : zoologie comme culture, comme langage. « Ni le nom ni la forme ne copient la figure d'un étant. » Les métaphores qui leur donnent leur nom appartiennent de la même manière à cet art qui a fait les montagnes, les fleurs, le silence et la nuit. Le visage, le langage, la mer, l'Histoire, le silence, la ténèbre, les galères pontificales, les fleurs, les montagnes, les cuillères sont des conjectures.

IVe TRAITÉ

Sur Johann Wolfgang von Goethe

Un vers du dernier Goethe dit : « Suis-je au bord du Neckar ? Suis-je au bord de l'Euphrate ? » Johann Wolfgang von Goethe à la fin de sa vie adressait des lettres à sa lampe de chevet. Puis il jouait au whist avec sa jeune épouse. Il abhorrait les chiens. Il buvait une bouteille de vin à chaque repas. Goethe a écrit : « Il y a une part totalement anonyme qui erre dans les noms. » À quatre-vingt-deux ans, il fit poser un appuie-tête au dossier de sa chaise de travail.

Un bonze fut condamné à l'exil pour avoir commis un crime. Le juge ordonna qu'on entravât ses mains. Devant lui, dans l'enceinte elle-même du tribunal où il était en train de siéger, il fit verrouiller à l'aide d'une clef la cangue de bois, confia la clef à un des soldats qui étaient de garde, chargeant celui-ci de conduire immédiatement le bonze au poste frontière. Le garde, tirant le bonze, partit sur-le-champ.

Le chemin qui menait à la frontière était long. Il se trouva qu'ils s'arrêtèrent dans une auberge.

Ses mains et son cou étant entravés, le bonze demanda au garde s'il pouvait dénouer la bourse qu'il avait à sa ceinture tant il avait soif et parce qu'il souhaitait lui offrir à boire en même temps qu'il boirait lui-même. Le garde du tribunal remercia le bonze de son intention, s'inclina et dénoua le cordon de la bourse. L'aubergiste apporta un flacon de vin.

Le garde faisait boire le bonze en portant le bol jusqu'à ses lèvres.

Pour lui-même, libre de ses mouvements, il buvait à rasade. L'aubergiste apporta un second flacon. Il ne fut pas fini que le garde s'endormit tout à coup, terrassé par l'ivresse.

Dans le silence, le bonze se met à genoux ; il s'aide de ses dents ; il dérobe au garde les clefs qu'il porte attachées à son flanc ; il les pose sur le carrelage de la salle. S'allongeant sur le sol, se mettant sur le côté, le bonze parvient à les prendre avec sa main. Il parvient à se défaire de la cangue. Il se lève. Il déshabille entièrement le gardien du tribunal. Il change ses habits contre les siens. Il rase la tête du garde. Il lui passe la cangue de bois, dont il ferme le verrou avec la clef. Enfin il se sauve.

Quand le lendemain l'aubergiste réveilla le garde, ce dernier se leva difficilement parce qu'il se trouvait encore hébété du vin qu'il avait bu. Contemplant l'aubergiste qui avait l'air effrayé en le voyant, il chercha à se souvenir de ce qu'il avait fait la veille. Il se souvint soudain du prisonnier dont le juge du tribunal lui avait confié la garde.

Il cherche le bonze partout dans la salle. Il passe devant un miroir. Il aperçoit son propre reflet. Il s'en approche. Il regarde avec attention le miroir de bronze qui répercute la silhouette de son visage. Il voit le crâne nu. Il voit la cangue. Il dit : « Si le bonze est toujours ici, où suis-je donc ? »

Ve TRAITÉ

Gradus

Le rêve s'est substitué au songe. Le mot de « songe » venait du latin *somnium*, et on ne sait pour quelle raison il dépérit. Le mot de « rêve » était un mot romain qui signifiait l'homme qui erre. La rêve désignait un droit prélevé sur les marchandises à l'entrée ou à la sortie de l'ancien royaume de France. La rêve devint un péage pour le vin.

Les *Petits Traités* sont l'impôt payé à mes maîtres.

Cette dette n'est jamais acquittée.

J'ai voulu verser la rêve du rêve.

*

La plupart des maîtres sont morts et, dans ces maîtres, le plus assidu des maîtres est la mort. Mais le vrai maître est le rêve, qui ne gouverne pas que les hommes, mais qui règne sur trente-sept autres espèces de vertébrés et d'oiseaux.

Les hommes s'abandonnent chaque nuit à un programme endogène suscitant l'érection accompagnée de mouvements oculaires rapides.

*

La poule et la vache rêvent vingt-cinq minutes chaque nuit. L'homme quatre-vingt-dix minutes et le chat deux cents. Le rêve des chats a été décrypté : c'est la prédation acharnée d'un passereau, d'une abeille, d'une feuille morte. Ou encore d'une brindille. Ou encore d'un souriceau.

*

Nous sommes des usagers de motifs narratifs qui n'ont ni fin exacte dans l'Histoire ni source précise dans les temps qui ont précédé l'Histoire, et qui ne sont pas spécifiques à notre espèce. Nos narrations participent d'un élan inhumain. Nous ne pouvons prétendre être les dépositaires d'une histoire qui a commencé de circuler avant le premier homme, avant la fracture du Rift en Afrique Orientale. Toujours, il s'agit d'une histoire de prédation. C'est une intrigue de désir ou de chasse. Quand cette prédation atteint son état le plus raffiné, il s'agit d'une histoire de vengeance (désir des hommes entre eux) ou de guerre (chasse des hommes entre eux).

1. Le rêve hallucine une bête, un mort, un objet, une femme, et les métamorphose. Une course qui est impatiente, ou qui est concupiscente, ou qui est dévoratrice trompe la faim, abuse le désir, protège le sommeil au cours d'une succession animée d'images.

2. La vie utilise ce rêve pour se dire elle-même et, ce disant, procure un orient au chaos des jours comme elle fournit une tanière à la répétition des besoins.

3. Les sociétés humaines reprennent ce rêve dit pour s'instituer, se raconter, se diriger, s'ennoblir, c'est-à-dire se séparer de leur source, dominer, tuer et se reproduire.

*

Si l'auteur d'un livre créait de toutes pièces l'histoire qu'il raconte, elle n'aurait de sens pour personne d'autre.

*

Un rêve est déclaré « très long » si sa narration fait intervenir plus de cinq épisodes discernables.

*

Cette narration inhumaine, préhumaine, n'offre à l'homme qu'un nombre limité de variantes qu'il ne gouverne pas. Propp dénombrait trente et un motifs fonctionnels possibles à l'intérieur de toute intrigue humaine. Seul le mode d'implication entre les motifs varie. Tout l'art repose dans le jus, la *rheusis* qui fait passer d'un motif à l'autre, dans le flux, le *rhythmos*, qui se presse de scène en scène, qui gonfle et tend l'implication, qui fait jaillir l'intrigue. La seule originalité envisageable réside dans le ton qui affecte la langue qui retraduit les motifs.

Le jus d'implication est emprunté aux rêves. Le ton est la variante empruntée aux maîtres.

*

Mes maîtres sont :

Pour les motifs : *L'Odyssée*, *Les Métamorphoses*, *L'Âne d'or*, *Les Mille et Une Nuits*, les Sagas d'Islande, Chrétien de Troyes, tout Saikaku, *Le Rêve dans le pavillon rouge*, tout Stendhal, *Les Hauts de Hurlevent*.

Pour l'implication : *Gilgamesh et Enkidou*, la Bible, Tchouang-tseu, Lucrèce, Virgile, Tacite, Sei Shônagon, Montaigne, Saint-Évremond, Tallemant, Nicole, Saint-Simon, Chateaubriand.

Pour le ton : César, Albucius, Paul, Tacite de nouveau, La Rochefoucauld, Massillon, tout Pou Song-ling, Rousseau, Chateaubriand de nouveau, Mme de Boigne, Hello, Colette, Bataille.

*

J'ai deux maîtres qui sont encore vivants : Pierre Klossowski et Louis-René Des Forêts. Ils ne m'ont jamais fait défaut.

Je ne leur soumets plus ce que j'écris à l'état de manuscrit. Je soumets les premières versions de ce que j'écris à ce traité secret, à ce Gradus. Bien sûr les exercices que je m'impose au travers de ce Gradus changent parfois. Mais, le plus souvent, ils se surajoutent plutôt qu'ils se modifient.

Si je les recense, c'est parce que je les oublie.

Deux maîtres sont morts : Émile Benveniste et Georges Bataille.

*

Vesta était la déesse romaine la plus ancienne. Elle appartenait aux douze grands dieux de Rome. L'âne ithyphallique était son animal consacré. Les vierges vestales étaient deux. Le grand pontife les raptaient à l'âge de six ans dans les meilleures familles de Rome, sans mot dire, sans leur consentement, à la surprise et à la fierté de leurs pères. Elles ne devaient pas connaître l'homme et leur sacerdoce, après dix ans de noviciat, comptait dix ans d'exercice. Leur charge consistait à veiller sur le feu de la cité sur le forum et à garder un objet mystérieux qu'on appelait par périphrase Fascinus. Elles étaient parées de bandelettes. S'entretenaient-elles avec un homme, elles qui assuraient la garde du développement de son sexe, elles étaient enterrées vives dans le champ appelé Scélérat.

À la fin du IIe siècle avant Jésus-Christ, la Virgo Maxima déclara que la tradition n'avait jamais été abritée dans le foyer que les vestales entretenaient. Que la tradition ne s'était pas dissimulée dans le bois de chêne qui servait au chauffage des maisons. Qu'elle n'avait jamais séjourné non plus dans aucune des cendres que ses sœurs avaient autrefois recueillies : « La tradition ne tient nullement à notre chasteté et ne consiste pas dans nos bandelettes. Elle n'est ni un vase en feu ni une statuette grossière et tendue. La tradition se tient dans la flamme et elle remue avec elle. La tradition se tient dans la sève et surgit avec elle. »

*

Dante a écrit soudain qu'en étendant les mains dans le foyer on sent une chaleur unique qui monte des multiples braises.

*

Le propre d'une vraie intrigue, d'une intrigue de famille, d'une intrigue de palais, d'une intrigue de guerre, d'une intrigue amoureuse, d'une intrigue de roman est que ceux qui y sont mêlés n'en ont pas connaissance tout d'abord et tiennent d'autant plus infailliblement leur rôle qu'ils ignorent quelle part ils prennent dans ce qui arrive. Ce n'est qu'à mi-course que se découvre la sensation d'un plan. C'est d'ailleurs à cela que se reconnaît une intrigue par rapport à la suite plutôt erratique des jours ordinaires : subitement tous ceux qui y prennent part sentent peser sur leurs actions la menace d'une partie qui se termine et qui emporte tout.

*

La propulsion du sperme au-dehors de l'urètre sous l'effet des contractions musculaires involontaires se produit de façon saccadée. Chaque éjaculat contient deux cent à mille millions de spermatozoïdes.

Le vrai style est saccade — cette saccade étant le but du rêve qui érige progressivement, lui-même par saccades, le sexe masculin.

Cette saccade, ce *rhythmos* à mi-chemin entre le rêve et le langage, est à mi-chemin entre la vie et la nuit, à mi-chemin entre l'origine et le monde. La rêve se perçoit à l'entrée et à la sortie du royaume.

*

Pour le lecteur : « Le roman est l'éclair aperçu par une brèche dans le mur. »

Pour l'auteur : « Le ton est un morceau vivant de mon cœur. »

Il y a trois intentions qui s'affrontent dans un livre et qui ne se superposent jamais :

1. *Intentio auctoris*;
2. *Intentio operis*;
3. *Intentio lectoris.*

Plus la quatrième intention qui les fond et qui guide chacune parce que chacune (l'auteur dans les deux intentions d'effet de texte et d'image de soi qui le possèdent, l'œuvre dans la consistance imaginaire autonome qu'elle développe, le lecteur dans la curiosité qui l'a poussé à lire) l'ignore.

*

Pour voir, le soleil importe.

Puis les yeux.

Il faut lire en s'approchant de la fenêtre et, si possible, sans soi.

*

Pourquoi la remémoration des rêves est-elle si difficile et si fugace comme une tortue rentrant soudain sa tête ?

Comme le gland d'un sexe regagnant son fourreau ?

*

« Vous souvenez-vous où vous vous êtes rendu après votre crémation ? »

Dans les romans et dans les rêves.

Dans les romans, un autre est moi et je suis l'autre que je chasse.

C'est pourquoi un homme qui abandonne l'identité personnelle et sexuelle met des feuilles de papier l'une sur l'autre.

C'est pourquoi il y a des personnages.

Mais c'est aussi pourquoi il y a des lecteurs et il y a des auteurs. (Parce qu'il n'y a pas de « moi » et de « lui » avant le langage.)

*

Je ne fais aucune différence entre le conte, l'intrigue, l'intrication, l'implication, la *story*, le récit, la généalogie, la chronologie, l'énumération de ce qui s'est passé dans le bon ordre des séquences. Quand dans un restaurant de Rome je lève la main et m'écrie : *« Il conto ! »*, je demande une énumération ordonnée (entrée, pâtes, plat, dessert, café), qui dit l'action qui s'est déroulée avant même de dire son équivalent sous forme de monnaie, l'addition des coûts étant d'abord la succession chronologique des séquences.

Les *Petits Traités* sont *« il conto »*.

*

Le lieu où se déroule l'histoire est le pays.

La langue écrite qui la raconte est le pays dépaysant.

L'arrivée de chaque scène au fur et à mesure de l'intrication des images doit être à chaque fois une secousse physique.

Il y a le pays, le pays dépaysant, le flux et,

derrière le pays dépaysant et le flot des images et des lieux qui se pressent, l'autre monde.

*

Aucune partie du corps du charpentier n'entre dans le lit qu'il fabrique.

*

Toute œuvre qui ne défie pas son rêve dans l'expression de son rêve est une œuvre morne.

Si elle n'engage pas la totalité de la petite enfance de celui qui la compose, elle est inutile.

Toute œuvre teste. Celui qui meurt en elle est un joueur de poker qui fait tapis. Quand il perçoit le pays et les fantômes derrière ses paupières baissées, c'est une ordalie. Quand il met en mots ce flot qui roule et s'élargit, et débouche dans l'océan nocturne, c'est une ordalie. Quand il publie le livre, qu'il fait entendre la sonate ou qu'il montre le film, c'est une ordalie.

En retraduisant ces ombres sous forme de

langue humaine, il sort et entre du royaume. Écrire est plus qu'errer. C'est mourir et survivre.

*

Lin-tsi n'a pas écrit. C'est pourtant le maître du style déroutant. Il faut dire : « Lin-tsi est le maître du style déroutant comme Paul est le maître du style impétueux. » Le seul lieu qui offre l'hospitalité à la vie dès l'instant où elle a été vécue n'est que le langage. Le plus grand rhéteur de toute l'histoire de la Grèce, Logginos, a décrit comment la vie peut revenir dans la langue écrite. Une œuvre écrite doit se développer excessivement, à l'intérieur de celui qui l'écrit, comme la flamme jaillit du briquet. Celui qui écrit doit voir les scènes soudain, sans écran, sans théorie, sans préméditation, mais surtout : sans langage.

Il doit les voir comme s'il rêvait. Le langage ne sert qu'à dire, puis à déformer le rêve qu'il rapporte, et enfin à ennuyer l'oreille complaisante qui consent à écouter l'ancien rêveur qui frotte ses yeux en prenant son petit déjeuner et en soulevant les couvercles en chrome des petits pots de confiture.

La narration doit fuser de la même façon que la flamme jaillit à un millimètre du pouce qui actionne le briquet.

L'auteur n'est que le pouce : il n'est ni le briquet ni la flamme.

Pour celui qui lit, il voit soudain dans la nuit grâce à la flamme.

Le silence la souffle.

Pour le lecteur comme pour l'auteur, dès l'instant où le livre est refermé, la nuit doit être plus noire qu'elle l'était avant de l'ouvrir ou plus noire qu'elle l'était avant de l'écrire.

Le langage n'est que la lampe. L'intonation n'est que le monde devenu désirant. Ni la seconde ni le premier ne sont la flamme.

Les romans abritent autre chose qu'un monde fait de langage.

*

Le père Camus, évêque de Belley, romancier français qui avait composé cent huit romans, du temps où le roi Louis XIII était encore vivant, justifiait de la sorte, devant sa hiérarchie, la rédaction de ses fictions infinies :

« À des gens de chair et de matière il faut des occurrences de sang pour les émouvoir. »

*

Jean-Pierre Camus écrivit en 1618 : « Prenez franchement pour vôtre tout ce qui sera beau partout où vous le trouverez. »

*

Aristote définit l'intrigue en trois mots : « Un début, un milieu, une fin. »

Pour un Grec ancien, le *pattern* auquel renvoie cette succession est biologique. Il est même biographique. Cela revient à dire : « Une naissance, une *akmè*, une mort. »

*

Aristote disait que le secret de la mise en intrigue tragique consistait en nouer et dénouer. *Desis* et *lysis*. Les Modernes ont conservé ce mot dans le mot *psychanalysis*. Pour le mot *psychanalysis*, il s'agit de dénouer le mauvais rêve répétitif où s'est enfermée la vie d'un homme dans une succession de scènes déplaisantes et contraignantes. Toute souffrance est un rêve mal écrit. L'auteur construit un récit de vie imaginaire au contact duquel le lecteur va essayer sa vie et ses récits possibles.

Comme dans la vie psychique, une souffrance, en criant vengeance, n'appelle rien d'autre qu'un récit.

Une confusion douloureuse préfère à la nuit où elle erre un meurtre injuste qui l'organise et qui lui donne sens. De même les familles, les villages, les cités, les sociétés humaines préfèrent le sens à la nuit.

Mais ce sens n'est qu'un rêve inhumain dans la nuit.

*

Stevenson, arrivé dans l'archipel de Samoas, a noté son Gradus. Il regroupait dans un même bloc le suspens magique, les sauts rythmiques et les références anciennes tirées de la Bible. Il avoue que le bon style est le style fait haine. L'amour n'a pas de style parce qu'il n'a pas de distance : comment ce qui est fusion ou désir de fusion pourrait-il se transformer en mise à distance, en joie d'éloignement ? Stevenson préférait additionner la joie glacée d'une narration violente, la mise en place sadique de l'intrigue, l'implication étant toujours un dessein homicide.

Tout devait être intemporel, inactuel, asocial, abyssal, animal, candide, intrus.

*

La seule chose qui soit digne d'être notée quant au style, c'est qu'il se souvienne qu'il est un oiseau de proie comme cet oiseau chimérique qui plane lors du rêve de coït. C'est à la façon qu'il a de fondre à toute vitesse sur celui qui le lit que le style doit être jugé.

Le style doit sidérer le lecteur comme le mulot est fasciné par la vipère dont la tête se dresse en s'approchant de lui et qui siffle.

C'est pourquoi ceux qui lisent se tiennent immobiles. Ils sont fascinés.

C'est pourquoi ceux qui rêvent se tiennent presque immobiles. Leur sexe seul se dresse.

Fasciner, c'est l'œil qui tue.

*

La cible de l'archer, c'est l'œil qui vise. Tout le livre vise le point final. Le point final, c'est le seul point où l'écrivain et le lecteur se rencontrent : ils se rencontrent pour se dire adieu.

Le point final, c'est le point où ils se tuent.

Le point final est leur œil crevé.

Alors l'imaginaire rend le corps du lecteur au réel comme la mer un cadavre sur le rivage.

C'est pourquoi l'auteur ne peut pas rencontrer son lecteur. Lorsque l'auteur accepte de signer un livre qui vient de paraître dans une librairie, il s'assoit devant une petite table ; il salue un homme qui lui tend un livre. L'un se penche vers lui et ne peut parler. L'autre élève sa main et ne peut rien dire. Parce que l'un n'est plus lecteur. Parce que l'autre n'est plus auteur.

Ce sont leurs cadavres.

*

Le seul lieu de l'espace où peuvent se rencontrer le lecteur et l'auteur est dans le point final.

Cela dure le plus bref du temps, même pas un quart de seconde.

Et le lecteur est plein de dépit de se retrouver désert de ce monde soudain faux qui le quitte d'un coup, à l'instant. Et l'auteur est rempli d'une joie indicible et confuse d'avoir décapité un corps sans la moindre trace de sang. Il se cache et n'ose pas dire que tel est son métier.

*

Les histoires vraies ne deviennent fascinantes que dès l'instant où elles sont racontées à partir d'un puissant ne-pas-vouloir-dire.

*

Les conditions d'une belle narration : impudence, jeu, apathétisme, inhumanité, carence morale, ne-pas-vouloir-dire, mépris ; la jubilation vindicative ; le lecteur tenu en respect ; l'inimitié entre l'auteur et son personnage principal ; le caractère aussi subalterne que profond de la pensée adjacente qui est glissée çà et là ; la liberté souveraine de la forme.

*

Inimitié entre l'auteur et son monde. Inimitié veut dire rivalité passionnée. Je divise les romanciers en deux grandes familles radicalement ennemies :

1. Ceux qui aiment leur créature, que ce soit avec ambivalence, ou que ce soit dans l'inconscience : Ovide, Chrétien, Cao Xue Qin, Stendhal, Brontë, etc. (Ou encore Freud avec ses patients, et cela peut aller jusqu'à la compassion bouddhique, qui est sans miséricorde et presque jubilante) ;

2. Ceux qui prennent de haut leur créature : Lucien, Cervantès, Voltaire, Flaubert, Gide, Céline, Nabokov, etc. Je ne comprends rien à cette lignée. Tout roman où le romancier fait de l'esprit sur le dos de ses personnages, où il méprise ses comportements, où il ridiculise les milieux dans lesquels il les a introduits lui-même sans que personne le lui demande me tombe des mains. À mes yeux ce ne sont plus des histoires, des romans, des tragédies, des films, des nouvelles, des pièces.

*

La haine est possible. L'amour est possible. Les autres sentiments sont trop secondaires, trop cultivés, ne sont pas oniriques, ne sont pas suffisamment inhumains. Je ne peux m'identifier à une métamorphose où l'auteur prend le pas sur le narrateur, où l'arrogance, l'ironie, la thèse, la suffisance, le narcissisme occupent le devant de la scène, et où le lecteur finalement est rappelé à sa condition de lecteur, c'est-à-dire d'homme dont le langage est toute l'âme.

On ne peut pas rêver et être éveillé à la fois.

*

Le commentaire bouddhiste ne doit toucher le texte qu'au début et à la fin. Il réintroduit le plus individué dans l'espèce, l'espèce dans la chaîne, la chaîne dans le feu, le feu dans le vide. De lui sort le plus singulier. Le vide le laisse être.

Parfois le silence s'ajoute au vide, et parfois la nuit s'ajoute au silence. Vide, nuit, silence le laissent être.

Puis « ce qui n'est pas » l'immerge à nouveau.

« Ce qui n'est pas » est un reflet de l'autre monde.

Comme un petit poisson qu'on sort de la mer au bout de la ligne et qui n'est déjà plus un poisson mais un cadavre.

*

« Laisse-moi ! Attention ! Tu me pousses sur le bord du gouffre !

— Tu y es déjà tombé ! »

Tel est l'arrière-monde.

*

Entre la singularité de l'exemple et la généralité de la sentence, les récits font leur chemin. Entre l'historique et l'anhistorique, ce qui vient d'un monde d'avant l'homme trouve de quoi creuser son trou et nidifier sur les bords du vide, de la fusion, à la frontière de la défusion, du langage, du temps et de la pensée.

*

Entre le *dictum impersonale* et l'anecdote indicible, ou enfantine, ou animale, ou sexuelle, ou violente, ou biologique, le songe erre dans le langage.

*

La mise en valeur (mais la rareté) des détails extrêmement concrets et leur précision inattendue emportent avec elles plus d'actualité que le bavardage des descriptions, ou que la futilité des discours, ou que la profondeur toujours adjectivale des réflexions.

On dit que le trait qui définit l'inconscient est la surprise.

L'effet de réel dans le texte, c'est la précision verbale indocile.

*

L'indécence qui surgit par quelques éclairs dans les discours des amis ou dans les narrations tenues des écrivains est d'une énergie qui emplit de joie parce que le tourniquet linguistique, qui bavarde sans répit au fond de notre esprit en est incapable, si soumis qu'il est à la répétition et à l'habitude d'une compagnie dont aucun humain ne peut se défaire jamais. Comme une odeur. On appelle cette compagnie de langage intime, marmottant, comme en roue libre, la conscience humaine. On peut l'appeler aussi la puanteur de l'homme.

*

On ne peut pas faire l'épargne de la question intime de l'érection du pénis du romancier même si cette question peut paraître impudique, parce que l'érection et la motilité des yeux asservis au défilé d'images sous les paupières refermées sont le destin.

Pour peu qu'il n'y ait pas de progression sûre et somnambulique des images hallucinées qui excitent, s'animent puis grandissent et se redoublent dans l'érection de la langue qui les propose, il n'y a pas de roman.

*

Parce que rien ne peut ébranler la foi de celui qui rêve, rien ne doit entamer la confiance de celui qui lit un conte. Rien ne doit l'arracher à cette stupeur qui est volontaire. Il s'y adonne pour y consentir, comme il peut la renoncer à tout moment, et c'est parce qu'il peut répudier quand il le voudra l'intrigue qu'il lui est loisible de s'y abandonner tout entier, et c'est parce qu'il s'y abandonne tout entier que l'auteur doit s'attacher à ne pas rompre sa foi dans le dessein de ne pas mettre en péril son désir.

*

Les naturalistes rapportent qu'on ne peut nourrir une araignée en lui présentant une mouche morte. Elle refuse de la manger. Ce n'est pas parce qu'elle est morte qu'elle ne peut la manger.

Une araignée ne peut manger une mouche vivante ou morte qu'après qu'elle a fait sa toile.

*

Pierre Matthieu a écrit dans ses *Tablettes* en 1610 :

La vie est une table où pour jouer ensemble
On voit quatre Joueurs. Le Temps tient le haut [banc

Et dit : « Passe ! » L'Amour fait de son reste et
[tremble.
L'Homme fait bonne mine et la Mort tire tout.

La scène originaire est à la naissance de la naissance, et c'est ce que Pierre Matthieu appelle l'amour.

La naissance, l'amour, la mort — ou encore le début, le milieu et la fin. La naissance, l'amour, la mort, c'est-à-dire le début, le milieu, la fin, se répètent dans le rêve, qui est la scène où se redouble l'autre scène au point d'en dresser l'instrument.

Pierre Matthieu poursuit deux pages plus loin :

La vie est un éclair, une fable, un mensonge,
Le souffle d'un enfant, une peinture sur l'eau,
Le songe d'un qui veille, et l'ombre encor d'un
[songe…

*

Dans les romans historiques, il me paraît habile d'utiliser la technique des Chinois où les dates ne doivent être notifiées que quand elles ajoutent à l'irréalité, c'est-à-dire quand elles sont totalement inutiles. C'est-à-dire quand le tragique côtoie le rêve. C'est-à-dire quand la précision elle-même devient un fantôme dans l'histoire.

Ne doivent être retenus de l'époque dont on parle que quelques ornements intransposables dans une autre époque. Ces osselets troués sont comme le squelette de la main du temps : parce qu'ils ne peuvent en aucun cas servir de véritables repères dans le néant du temps.

Ces attributs, ces quelques colifichets peu nombreux, ces dates vaines doivent, plus encore que dépayser, perdre le lecteur.

Alors le lecteur a l'impression de vraiment y être.

Alors, si nous y sommes, c'est parce que nous y sommes comme nous sommes profondément dans nos vies avant la mort.

C'est-à-dire comme nous ne sommes en aucun cas dans nos vies lors des accouplements invisibles qui ont nécessairement eu lieu neuf lunes avant nos naissances.

*

Dans les contes, tout va par trois. Tout progresse grâce à des escaliers ternaires. Tout *gradus* possède trois marches ; toute échelle trois barreaux. Un vrai conte c'est toujours 3 × 3. Ce sont ces neuf mois. Un proverbe français dit : « Jamais deux sans trois. » C'est la définition de ce que les amateurs du cinématographe appellent le « suspense ». Chaque homme, à quelque culture qu'il appartienne, attend impatiemment la troisième marche. La Bible dit : « Le Jour du Jugement arrivera après deux jours. D'abord le jour où il se prépare. Ensuite le jour où tous lui tourneront le dos. Enfin le troisième jour. »

Du troisième jour, la Bible dit : « Il arrivera comme un voleur. »

C'est cela le suspens.

C'est sa mort future qui est la cause du présage que le personnage n'assimile pas au début, puis du pressentiment où il tombe au milieu et, en s'en détournant dans la hâte, il s'y précipite à la fin.

*

Moralia. En vivant il faut s'unir à ce qui égare et se perd.

Comme la vie se sera égarée dans l'univers et se sera perdue dans sa nuit.

Tout homme et toute femme se sont égarés en naissant dans un flot qui se perd dans la mort.

Ou bien l'enfant fait le 3 dans le 2. Ou bien le 2 devient 1.

Chaque homme possède 1 attribut. Jamais 2. (Je ne sais pas pourquoi.)

Chaque femme poursuit 2 attributs qui entrent en conflit. Jamais 1. (Je ne sais pas pourquoi. Peut-être parce que l'espèce se divise entre hommes et femmes à partir d'un attribut. C'est ce même attribut, dont la carence impatiente les femmes et chez qui il resurgit toujours dans un roman sous 2 formes ambivalentes, entre 2 plaintes, comme 2 jambes qui s'ouvrent sans qu'on voie 1 enfant.)

Tout père est opaque. (Je ne sais pas pourquoi. Dès qu'un père est un personnage dont les actions sont motivées, le personnage tombe en morceaux ; il devient sympathique ; il devient compréhensible ; il devient fraternel et non plus paternel ; il s'effrite soudain.)

Chaque personnage a une langue.

Pour tout personnage, ses comportements présomptifs et ses territoires appropriés sont contenus dans son nom et assonnent avec lui.

Aucun nom d'un personnage ne doit faire écho à aucun autre.

Aucun nom propre d'un personnage n'est la rime d'aucun autre.

*

Chaque homme ne doit être qu'un sentiment, s'il est un homme.

Chaque accident doit être immotivé, s'il est un accident.

*

Zéami dans son Gradus cite un verset tiré du *Vimalakirti-sutra* :

« Bien et mal ne sont pas 2. Perversité et rectitude sont 1. »

*

Le recours à un seul élément dramatique, vestimentaire, décoratif afin qu'ils n'entrent pas en concurrence ou qu'ils ne s'évanouissent pas par saturation.

Un chapeau, un cheval, un pistolet, un désert.

On ne doit pas parler de la jupe ou des chaussures du Petit Chaperon rouge, ni de la couleur de ses yeux ou de ses cheveux, pour peu qu'on veuille que l'héroïne continue à exister et qu'on nourrisse le désir de ne pas la perdre de vue dans la forêt.

Au théâtre, comme dans la peinture, au cinéma, comme à l'opéra, les simulacres des hommes ne doivent pas se mouvoir tout à fait comme des humains. Des présences intenses sans âge, sans âme, entre la nature et la loi civile, entre l'enfance ou la bête ou le cadavre (entre le début, le milieu et la fin).

*

L'intrigue n'est ni dans l'œuvre ni dans le lecteur (pas plus qu'elle ne se situe dans les personnages, ni ne s'abrite au domicile de l'auteur) comme une sensation n'est ni dans le senti ni dans le sentant : elle est leur œuvre commune.

Ce qui est communiqué, par-delà le sens de l'œuvre, c'est le monde qu'elle projette et qui en constitue l'horizon.

Deux horizons fusionnent : ce point est

le point de contact entre le monde qui est contemporain à l'action et l'autre monde.

Il y a un référent qui est invisible et qui accueille le lecteur ou le spectateur, et aussi l'auteur, et qui n'est pas celui qui est vu.

Il faut toujours avoir en tête un autre monde en dehors du sujet. Il faut nettement distinguer l'autre monde du sujet de l'intrigue.

*

L'autre monde est au-delà du pays dépaysé. (Le pays est l'histoire. Le style est le dépaysant du pays. L'autre scène est ce qu'ignore le sujet; c'est le « lieu » dont procèdent les sujets et qui accueille finalement les habitants du pays dépaysé au terme de leur errance ou plutôt de leur faim, de leur chasse, de leur désir, de leur métamorphose, de leur amour, de leur vie. Mais ils ne le voient pas. L'arrière-monde ne peut être présenté. La scène originaire est sans cesse la songeuse du songe. Au contraire de la naissance, le coït dont nous sommes issus n'est même pas directement rêvable : il nous fut invisible. C'est l'*inattingibilis.*)

*

La condition essentielle des créations de l'art est de former un système vivant dont toutes les parties se commandent l'une l'autre et émancipe le tout momentanément de la mort comme la vie émancipe momentanément le sujet à la fois du corps de sa mère et du cadavre qui le guette.

*

Zéami dans son Gradus dit : « Si vous n'interprétez que de l'insolite, vous ne serez pas insolite. Si à l'ancien vous mêlez du nouveau, l'ancien comme le nouveau seront insolites. »

Stendhal dans son Gradus décrit comment il arrache la duchesse de Sanseverina au XVIe siècle, comment il lui fait rencontrer Monsieur de Metternich, et comment, rue Caumartin, en 1830, Henri Beyle décide de rivaliser avec le style de Saint-Simon. C'est *La Chartreuse de Parme.*

*

L'imaginaire ne fait que blesser le temps alors que le rêve l'ignore. Pour qu'il y ait monde imaginaire (monde-qui-n'existe-pas), il faut bien que ce pays dépaysé déchire le temps sans prêter le flanc à l'incrédulité.

Stendhal prétendait qu'écrire s'attachait à réparer des déchirures impossibles dans le temps et dans l'espace. Ses livres sont remplis des étincelles merveilleuses dues à ces courts-circuits. Dans le même temps où il s'emploie à rendre incicatrisable la plaie, inconsolable la sexuation, il panse et il console chez les morts.

*

Publius Cornelius Tacitus vivait en Ombrie au Ier siècle. Il avait épousé la fille du conquérant de la Bretagne et il a raconté l'histoire de Rome à dater de la mort de l'empereur Auguste. Dans le premier livre de ses *Historiae*, il évoque Verania. Verania était une patricienne qui avait été contrainte de racheter pour six sesterces la tête de son mari âgé de trente et un ans au centurion qui l'avait tranchée à l'intérieur du temple de Vesta.

Puis elle l'avait emportée dans un panier de jonc parce qu'elle l'aimait. Stendhal arrache Verania à Tacite, il lui donne l'âme romanesque d'une frondeuse sous Louis XIII, il la transporte dans un fiacre de 1831. Elle tient sur ses genoux la tête de l'homme qu'elle a aimé et que le bourreau vient de trancher. Verania Gemina est devenue Mathilde de La Mole. C'est *Le Rouge et le Noir.*

*

Un roman dans le langage, un *hapax* dans la langue, un *lapsus* dans le temps, un *raptus* dans l'espace, un rêve dans la veille.

*

Entre le dessein de l'auteur et l'attente du lecteur, ce sont deux désirs. (L'intrigue n'est que l'instrument à cordes. L'implication n'est que la partition. Le ton n'est que le jeu.)

Premièrement : deux amants qui s'étreignent. Deuxièmement : un enfant agrippé à sa mère. C'est le premier paradoxe de la condition.

Dyade qui est à l'origine des hommes ou

plutôt de tous les petits des mammifères : sujet attaché, objet attachant. Toute relation interindividuelle chez les animaux est dyadique. Jamais triadique.

Dans l'intrigue humaine tout tiers est systématiquement exclu.

Il y a 3 pour faire 2.

On ne peut pas finir sur 3.

À vrai dire, je pense qu'on ne peut vraiment bien finir une intrigue que sur 1. Aucun rêve n'est rêvé à plusieurs.

*

L'Égypte néolithique a formulé un deuxième paradoxe : le soleil connaît le temps sous la forme de l'aurore, du zénith et du crépuscule (un début, un milieu, une fin).

Premièrement : le soleil descend dans le non-visible pour renaître. Deuxièmement : l'homme descend dans le non-visible pour mourir.

Le soleil et l'homme ne connaissent pas la même nuit.

Le rêve est le soleil de l'homme.

*

Les hommes se traitent de façon nuisible quand ils se détestent.

Les hommes se traitent de façon nuisible quand ils s'aiment.

Même avec lui-même l'homme n'est pas un ami et se traite de façon nuisible.

Les anecdotes qui cherchent à rendre aimable le souvenir d'un homme ou d'une femme qui vient d'être emporté par la mort n'atteignent jamais ce degré de compréhension et de sensation vivante où conduit la description des travers incompréhensibles et fragmentaires que les proches chuchotent encore, le lendemain du décès, au sujet de ses manies.

*

Toute psychologie affaiblit l'acte et diminue celui qui agit. C'est une vue de la folie que d'ôter à nos raisons les prétextes d'erreur ou d'incomplétude, ou encore d'extirper de nos images les désirs incongrus ou secrets qui les dérobent à elles-mêmes et qui les rendent si fascinantes.

Il n'y a qu'un homme tout à fait déprimé

qui voie clair, et les bras lui en tombent; découvrant la nudité du monde, la langueur du temps, la froideur de l'espace et le vide de son âme, il s'abandonne à l'envie de mourir. Pour lui, le sommeil est la nuit de l'Hadès, c'est-à-dire l'Invisible. Mais il rêve, et tout devient visible. Même cette envie de se donner la mort est un désir. C'est rêver une image héroïque de soi qui est celle d'un cadavre de guerrier.

Un déprimé ne peut écrire de roman. En cas de dépression, il ne faut pas écrire de roman. Il faut profiter de la dépression nerveuse pour écrire des essais.

L'aveuglement, le désir et le songe (le soleil du sommeil) sont parties prenantes à la vérité de la vie des mammifères. En sorte qu'est douteux l'homme qui vit encore, l'homme qui désire encore, l'homme qui ne prend pas de drogue anesthésiante, et qui souhaite dessiller complètement le regard qu'il porte sur sa conception, sur sa naissance, sur sa mère, sur sa famille, sur la terre, sur la cité, sur l'écoulement du temps, sur l'étreinte érotique, sur sa mort, sur son corps qui se meut dans le jour ou qui se tend trois fois dans l'obscurité chaque nuit, sur le corps vers lequel il tend ses lèvres dans le côtoiement du drap et du sommeil et sur l'étendue des siècles et des mondes qui l'en sépare dans les répétitions d'une nuit quotidienne, d'un sommeil quotidien et de quatre-vingt-dix minutes quotidiennes de songe qui l'associent aux souriceaux, aux poules, aux vaches et aux chats.

*

La psychologie manque de vraisemblance.

Le réel, c'est l'inopiné.

Tout ce qui donne une raison à tout fait hausser les épaules.

Le principe de raison (que toute chose sur terre a une raison) fait pouffer de rire le rhéteur. Aux yeux du rhéteur, le métaphysicien est un homme qui ignore la violence propre au langage et qui a peur même des rêves. Le principe de raison rendrait le roman aussi incroyable, médiocre, futile, éphémère et vénal que la science historique.

*

La donne du début ne peut en aucun cas être le tas de la fin.

*

Chez les fourmis et les abeilles, c'est l'itinéraire lui-même qui est la capture.

*

Le degré d'excitation finale du carnassier avant de bondir sur sa proie.

Il n'est plus qu'une vague qui se lève.

*

Ptahhotep, ministre de la Ve dynastie d'Égypte, en – 2400 a écrit : « L'art n'a pas reçu de limites. »

*

La dramatisation et l'exaltation de l'acte d'écrire datent du XVIIe siècle. Elles culminent au XIXe siècle. Ce sont des *addenda* inutiles aux romans. Le dédain et le *limes* leur conviennent mieux. Les catégories (contes, mythes, légendes, romans, etc.), les analyses (philologiques, textuelles, esthétiques, psychanalytiques, etc.) sont des pièges compliqués que le chasseur peut mettre ou non dans sa besace : elles n'apprennent rien sur les proies.

On ne peut à la fois tourner le dos et assaillir.

Le roman ne doit pas porter sur le romancier. Il en va de même pour la psychologie. Le bavardage qui a peur, l'héroïsation du créateur n'ont rien à voir avec les images audacieuses qui surgissent et se meuvent.

Ceux qui veulent du sens ne rencontrent jamais sur terre ceux qui veulent la vie.

*

Sénilité et gravité sont animales. Le sérieux, l'impassibilité sont l'écho d'un stade plus ancien que celui de l'homme (juvénile, joueur, excité, curieux).

*

Avantage : l'usage de la voix off (l'introduction du point de vue d'un narrateur) fait advenir de l'impossible à voir et fait régner l'inaccessible. Toute voix off dit le hors-champ.

Défaut : les personnages perdent en activité. L'œuvre est moins libre dans son jaillissement. Elle est presque psychologique. Elle subordonne l'implication à un point de vue et extermine toutes les scènes qui sont invisibles à ce point de vue. Elle rompt l'énergie.

Avantage : elle avoue en acte, d'abord, qu'il y a un monde autre que ce qui est dit, ensuite que ce qui est montré est autre chose que ce qui est montré.

On raconte que l'autre scène qui est à notre source est plus la souffrance d'une voix off que l'hallucination d'une image.

*

La voix off est mieux faite pour le cinéma que la narration à la première personne pour le roman.

Parce que dans la nuit il n'y a qu'un seul rêveur pour rêver son rêve.

*

Tout ce qui est liquide, s'il devient solide, devient inadapté (principe de la lave).

Tout ce qui est solide se liquéfie. (Comme

une glace qui fond et qui tombe goutte à goutte quand la température s'élève.)

*

Jamais de psychologie. Parce que la micropsychie, l'autopsychie sont trop proches du langage, sont trop éloignées du rêve, sont trop détournées du monde. La psychologie, la micropsychie sont les assassins de l'aube du langage.

Autre désavantage : la psychologie occupe beaucoup de pages sans ajouter un gramme de vraisemblance.

Parce que même en l'absence de vent les feuilles tombent.

*

On ne peut pas communiquer à partir du langage.

Les enfants veulent autre chose que le langage avant de parler. Ce n'est pas l'existence du langage qui les pousse à l'acquérir, mais la bouche de leur mère, le sourire qui la transforme, le regard qui les supplie.

Lors de la narration, la description des

corps, les odeurs, les vêtements, les tics, les passages à l'acte, les mouvements ou les pétrifications immotivées communiquent plus d'émotion et gagnent du temps.

*

À chaque fois que je prête ma voix à ce qu'ils viennent de dire, il y a toujours un point dans les discours des personnages que j'invente où je suis défaillant. Quintus Horatius dit qu'il faut raturer jusqu'à ce point. Parce qu'il manque moins un mot aux personnages que leur silence. Je devine le silence de mes personnages : je ne l'atteins pas. Je le montre comme je puis en décrivant leurs gestes, rarement leurs pensées, le plus souvent leur sidération et leur taciturnité.

Mais même alors il me manque moins les phrases disant leur silence, moins le mot même de silence que ce silence effectif, connaturel à chacun de nous et qui est comme l'argument de fond de nos vies et auquel nous ne nous échangeons même pas en mourant. (Le silence égalitaire et pour ainsi dire spécifique des vertébrés dans la mort est tellement moins riche, moins puissant, moins individué que le silence d'une femme vivante qui se tait soudain et se mure, d'un homme vivant qui tout à coup refuse de donner son sentiment.)

Le silence vivant : le silence sémantique, qui ne nous semble pas motivé, des personnages. Qui est plus leur nom que leur nom. De là ma réprobation de la psychologie. De là son exclusion dans tous les contes ou les légendes.

Corps animaux, rêveurs, vivants, mouvants, intrépides avant d'êtres des âmes qui se croient animées par des causes ou des raisons.

C'est ce silence propre au parleur qui disparaît quand nous nous trouvons devant un cadavre. Dans le mort la *reticentia* a cessé d'être volontaire. Et c'est cette découverte d'un silence *qui n'est plus un refus de parler* qui tout d'abord est insupportable en présence du corps des morts et qui nous plonge dans la douleur pétrifiée.

Un corps se tait.

*

Qui lit se tait.

Le lecteur mange avec les yeux. Le lecteur mâche avec ses oreilles.

La réception réservée par les sénateurs romains aux guerriers gaulois. Ils les prirent pour des dieux tant que les Romains ne bougèrent pas. Puis, quand les Gaulois virent que les Pères étaient sur le point de mouvoir leurs membres et qu'ils entendirent qu'ils s'apprêtaient à se mettre à parler, ils les tuèrent.

*

S'il doit y avoir un coup de bâton dans chaque scène, il doit y avoir un fleuve dans chaque livre.

Marquer les *tempi.*

(Scènes *lento,* scènes *allegretto,* scènes *andante,* scènes *obstinato.*)

Le *tempo* du tout inasservi aux *tempi* : c'est la tension propre au *tonos.*

*

Un écrivain, c'est un homme dévoré par un ton.

Toute la vie d'un romancier se précipite vers ce que son récit a dit.

*

Après avoir terminé un roman, relire trois fois chaque destin de chaque personnage à l'aide de ces trois cribles :

1. dégradation puis amélioration ;
2. mérite puis récompense ;
3. démérite puis châtiment.

*

L'insolite par-delà l'effet de maîtrise. Cela peut aller jusqu'à la grossièreté, jusqu'à l'obscénité brusque (jamais répétée).

C'est l'assaut incompréhensible du cru dans le raffiné.

Attendu et imprévisible comme l'instant du plaisir quand on étreint un congénère.

Une femme du monde est aussi un compagnon d'étable. (Jamais dans les essais. Jamais dans la société. Oui, dans la nuit. Oui, dans les romans.)

Cet instant est prévu et insolite.

On est désemparé quand surgit la semence.

C'est ainsi que l'attendu est inattendu.

*

Travailler dès avant l'aube, c'est-à-dire avant que la nuit finisse. C'est-à-dire travailler avant que le rêve s'absente de l'obscurité qui enveloppe le visage de ceux qui parlent la même langue. Aucun jour ne peut être férié. Se tenir sur le qui-vive du vivant. Toutes les cordes doivent être tendues, doivent être accordées. L'instrument doit être prêt à être joué à n'importe quel moment de la semaine, du mois, de la saison, de l'année.

Ne soyez pas noyé dans le langage. Connaissez le langage sur le bout des doigts puis oubliez le langage. Que le langage soit un instrument.

Pas plus que la musique n'est dans l'instrument à cordes, un roman n'est dans le langage ordinaire. Un langage littéraire, un langage sans âge sont préférables à un langage vernaculaire, à un langage daté. Un roman n'est pas dans le langage. Parce que le rêve n'est jamais dans le langage.

Le rêve n'est pas né du langage.

Les animaux sans langage rêvent.

*

Il faut savoir cueillir aussitôt l'image prête à se dissoudre. Une œuvre est pour ainsi dire manquée si sa rédaction est différée. L'œuvre est pour l'écrivain comme la pénitence de l'imagination. Il en va comme des corps qui désirent. S'ils atermoient, leur impétuosité retombe, et les caresses qui s'efforcent de ranimer leur excitation, pour peu qu'elles parviennent à échauffer les membres de nouveau, ne le reproduisent pas tel qu'il était, ni dans la consistance où il était, ni dans la fureur plus incontestable et plus aveugle qui le débordait auparavant. C'est un nouveau désir, et c'est une nouvelle image qui leur succèdent, mais la spontanéité possédait une force, elle recelait une ignorance, elle entraînait une raideur qui elles-mêmes n'étaient pas à l'identique de celles qui les suivent parce que celles qui les suivent les miment et les répètent. L'intonation est dans la première vision. Il n'y a pas deux chances. Quand vous escomptez votre désir, vous ne l'obtenez pas. Il ne faut être appliqué qu'à l'objet. C'est la foi. C'est la *fides* résolue des mondes faux. C'est la piété astreignante de l'imaginaire.

*

« *Est autem fides sperandarum substantia rerum.* » (La foi est la solidité des choses qu'on désire.)

« *Argumentum non apparentium.* » (Elle est la preuve pour ce qui ne se voit pas.)

« *Et exiit nesciens quo iret.* » (Et il partit sans savoir où il allait.) Voilà la foi de celui qui entre dans l'obscurité d'un cinéma, qui s'assoit sur le velours d'un théâtre, qui se plonge dans la lecture d'un roman, qui recule et qui avance et qui de nouveau fait un pas en arrière devant la toile d'un maître.

C'est sans savoir où il allait qu'Abraham fit séjourner son peuple dans la Terre promise.

*

La foi, qui est un trait du rêve, consiste à accepter l'héritage de ce qu'on ignore.

*

Le présent, c'est le vivant, c'est la lutte vivante entre ce qui est passé et ce qui est à venir. C'est l'agonie du passé qui se mêle à la prédation de ce qui surgit. Tout ce qui a la faveur de tous, ne contrastant avec rien, n'apparaît sur le fond d'aucune nuit. Toute bonne idée que vous proposent un éditeur, un producteur, un critique, un distributeur a dix ans de retard. Tous les cadeaux qu'ils vous tendent avec bagout sont un cimetière. Tout ce qui est accueilli à l'avance est une convention. C'est un « remake ». Ce qui surgit dans l'air du temps est aussitôt à exclure comme périmé. À l'air du temps il faut opposer le typhon des formes qui ignorent le temps et qui roulent dans l'histoire humaine — dans l'histoire écrite par des hommes —, parce que cette dernière ne constitue en aucun cas leur chronique. Ce que le spécialiste qui consacre son art à étudier le marché renifle : cela veut dire que cela pue. Il faut guetter quelque chose de plus neuf que ce qui est réputé moderne. Il faut chercher quelque chose de radicalement naissant. Ce qui n'est pas encore apparu ne se voit pas. Cela ne se sent pas. Cela ne sent pas.

Quand le passé revient de façon imprévisible, ce n'est pas le passé qui revient : c'est l'imprévisible.

C'est un pathos impérissable.

Quand un bout de passé revient de façon imprévisible, l'homme ou la femme sont bouleversés.

*

Entrez dans Lascaux. Entrez dans Niaux. Entrez dans les grottes de Pair-non-Pair et de Gargas. Entrez au Font-de-Gaume, à Madeleine, à Lespugue. Entrez dans le Cellier ou à Vogelherd. Entrez dans Oreille-d'Enfer.

*

Ceux qui écrivent des livres sont dans la parole comme des poissons dans l'élément de l'air.

Ils gigotent, soubresautent, souffrent, meurent étouffés presque aussitôt par l'air atmosphérique. Mais leurs écailles s'illuminent de couleurs et de reflets.

Ceux qui écrivent des livres ne peuvent pas parler. Ils ne peuvent assurer ni promotion, ni radio, ni télévision, ni entretiens avec des journalistes. S'ils le font, qu'ils sachent en le faisant qu'ils ne le peuvent pas.

Leurs écailles brillent mais ils ne le peuvent pas.

*

Eckart dit : « Jamais encore une œuvre n'a été bonne ou sainte ou bienheureuse. Jamais encore un temps n'a été ni ne sera bienheureux, saint ou bon. Pas plus l'œuvre que le temps.

« À tout instant, tout a été perdu, à jamais. L'œuvre est perdue à jamais par l'esprit qui en est vide, dès qu'il en est vide.

« Éteinte (*extrafacta*, extérieure), l'image ; perdue, l'œuvre ; fini, le temps ; Dieu n'a plus besoin d'eux. »

*

Ce Gradus est un livre de recettes. Quand tu as fini une nouvelle ou un roman, laisse sécher, puis passe-les au travers de ce crible. Fais tout cuire sur ces braises prélevées dans ces foyers qui couvent dans le temps, depuis l'apparition du temps, et qui remontent jusqu'aux premiers foyers. Qui remontent jusqu'à l'incendie qui a précédé les foyers qui le domestiquèrent. Une histoire doit répondre aux cris de la Jument assise, puisqu'un livre répond aux questions de la Sphinge accroupie.

Œdipe croit répondre à des énigmes qui sont criées avec du langage humain. Il a l'impression de vaincre la démone du monde des morts avec un trait d'esprit, mais ce sont des gestes dans l'intrigue qui rétorquent à la bête dont le corps est de lion et les ailes de vautour. Il commence de répondre en boitant. Puis il achève de répondre en s'arrachant les yeux.

Au loin, un âne braie dans un souk en pensant qu'il invoque César.

Le mot « cauchemar », qu'on écrivait autrefois *quauquemare,* désignait la jument aux lourdes mamelles qui piétine avec ses sabots la poitrine des hommes durant leur sommeil.

Dans un conte des *Mille et Une Nuits,* le narrateur dit de Dieu qu'il est « un cheval plus rapide que le regard, si rapide qu'il précède le destin ».

Si chaque personnage, si chaque scène, si l'implication répondent à toutes les questions que j'ai rassemblées, le livre n'est pas bon parce qu'ils y répondent.

Mais s'ils n'y répondent pas, il n'est pas bon.

*

Ce sont des bois flottants qui empêchent de se noyer. Mais ils n'abordent aucune terre.

*

Quand il n'y a plus l'épaisseur d'un cheveu entre soi, son désir sexuel, le rêve, le monde rêvé, l'horizon de ce monde, le style et les différents personnages, tout est confondu, et on ne voit plus rien. Enfin devenu complètement aveugle, c'est bon à tirer.

VIe TRAITÉ

Minuscule traité sur les Petits Traités

Toute forme passionnée a quelque chose d'asocial, d'anachronique.

Qui ne peut se défendre seul.

Dans toute forme passionnée quelque chose d'isolé s'isole. Quelque chose qui est perdu. Quelque chose qui s'exclut de soi-même du monde et de soi-même est rejeté du temps.

Je vins et je partis. Je repartis. Repartis encore. Je fondai un nouvel ermitage sur une lande jaune.

*

Ma vie, eût-elle dépendu du bonheur et de la reconnaissance, eût été privée des seules valeurs que je lui prêtais : l'imprévisibilité des jours, la violence de l'âme, les désirs qui se tiennent à l'écart du monde, le bondissement du langage silencieux, l'indépendance farouche, région plus jalouse, plus susceptible et plus inaccessible encore que la liberté.

DU MÊME AUTEUR

Aux Éditions Gallimard

LE LECTEUR, *récit*, Gallimard, 1976

CARUS, *roman*, Gallimard, 1979 (Folio 2211)

LES TABLETTES DE BUIS D'APRONENIA AVITIA, *roman*, Gallimard, 1984 (L'Imaginaire 212)

LE SALON DU WURTEMBERG, *roman*, Gallimard, 1986 (Folio 1928)

LES ESCALIERS DE CHAMBORD, *roman*, Gallimard, 1989 (Folio 2301)

TOUS LES MATINS DU MONDE, *roman*, Gallimard, 1991 (Folio 2533)

LE SEXE ET L'EFFROI, Gallimard, 1994 (Folio 2839)

Chez d'autres éditeurs

L'ÊTRE DU BALBUTIEMENT, Mercure de France, 1969

ALEXANDRA DE LYCOPHRON, Mercure de France, 1971

LA PAROLE DE LA DÉLIE, Mercure de France, 1974

MICHEL DEGUY, Seghers, 1975

ÉCHO, suivi d'ÉPISTOLÈ ALEXANDROY, Le Collet de Buffle, 1975

SANG, Orange Export Ltd, 1976

HIEMS, Orange Export Ltd, 1977

SARX, Maeght, 1977

LES MOTS DE LA TERRE, DE LA PEUR, ET DU SOL, Clivages, 1978

INTER AERIAS FAGOS, Orange Export Ltd, 1979

SUR LE DÉFAUT DE TERRE, Clivages, 1979

LE SECRET DU DOMAINE, Éditions de l'Amitié, 1980

LE VŒU DE SILENCE, Fata Morgana, 1985

UNE GÊNE TECHNIQUE À L'ÉGARD DES FRAGMENTS, Fata Morgana, 1986

ETHELRUDE ET WOLFRAMM, Claude Blaizot, 1986

LA LEÇON DE MUSIQUE, Hachette, 1987

ALBUCIUS, P.O.L, 1990 (Livre de Poche 4308)

KONG SOUEN-LONG, SUR LE DOIGT QUI MONTRE CELA, Michel Chandeigne, 1990

LA RAISON, Le Promeneur, 1990

PETITS TRAITÉS, tomes I à VIII, Maeght Éditeur, 1990 (Folio 2976 et 2977)

GEORGES DE LA TOUR, Éditions Flohic, 1991

LA FRONTIÈRE, *roman*, Éditions Chandeigne, 1992 (Folio 2572)

LE NOM SUR LE BOUT DE LA LANGUE, P.O.L, 1993 (Folio 2698)

L'OCCUPATION AMÉRICAINE, *roman*, Seuil, 1994 (Point 208)

LES SEPTANTE, Patrice Trigano, 1994

L'AMOUR CONJUGAL, Patrice Trigano, 1994

RHÉTORIQUE SPÉCULATIVE, Calmann-Lévy, 1995 (Folio 3007)

LA HAINE DE LA MUSIQUE, Calmann-Lévy, 1996 (Folio 3008)

COLLECTION FOLIO

Dernières parutions

2817.	Honoré de Balzac	*Sarrasine.*
2818.	Alexandre Dumas	*Vingt ans après.*
2819.	Christian Bobin	*L'inespérée.*
2820.	Christian Bobin	*Isabelle Bruges.*
2821.	Louis Calaferte	*C'est la guerre.*
2822.	Louis Calaferte	*Rosa mystica.*
2823.	Jean-Paul Demure	*Découpe sombre.*
2824.	Lawrence Durrell	*L'ombre infinie de César.*
2825.	Mircea Eliade	*Les dix-neuf roses.*
2826.	Roger Grenier	*Le Pierrot noir.*
2827.	David McNeil	*Tous les bars de Zanzibar.*
2828.	René Frégni	*Le voleur d'innocence.*
2829.	Louvet de Couvray	*Les Amours de chevalier de Faublas.*
2830.	James Joyce	*Ulysse.*
2831.	François-Régis Bastide	*L'homme au désir d'amour lointain.*
2832.	Thomas Bernhard	*L'origine.*
2833.	Daniel Boulanger	*Les noces du merle.*
2834.	Michel del Castillo	*Rue des Archives.*
2835.	Pierre Drieu la Rochelle	*Une femme à sa fenêtre.*
2836.	Joseph Kesel	*Dames de Californie.*
2837.	Patrick Mosconi	*La nuit apache.*
2838.	Marguerite Yourcenar	*Conte bleu.*
2839.	Pascal Quignard	*Le sexe et l'effroi.*
2840.	Guy de Maupassant	*L'inutile beauté.*
2841.	Kôbô Abe	*Rendez-vous secret.*
2842.	Nicolas Bouvier	*Le poisson-scorpion.*
2843.	Patrick Chamoiseau	*Chemin-d'école.*
2844.	Patrick Chamoiseau	*Antan d'enfance.*
2845.	Philippe Djian	*Assassins.*
2846.	Lawrence Durrell	*Le carrousel sicilien.*
2847.	Jean-Marie Laclavetine	*Le Rouge et le Blanc.*

2848.	D.H. Lawrence	*Kangourou.*
2849.	Francine Prose	*Les petits miracles.*
2850.	Jean-Jacques Sempé	*Insondables mystères.*
2851.	Béatrix Beck	*Accommodements avec le ciel.*
2852.	Herman Melville	*Moby Dick.*
2853.	Jean-Claude Brisville	*Beaumarchais, l'insolent.*
2854.	James Baldwin	*Face à l'homme blanc.*
2855.	James Baldwin	*La prochaine fois, le feu.*
2856.	W.R. Burnett	*Rien dans les manches.*
2857.	Michel Déon	*Un déjeuner de soleil.*
2858.	Michel Déon	*Le jeune homme vert.*
2859.	Philippe Le Guillou	*Le passage de l'Aulne.*
2860.	Claude Brami	*Mon amie d'enfance.*
2861.	Serge Brussolo	*La moisson d'hiver.*
2862.	René de Ceccatty	*L'accompagnement.*
2863.	Jerome Charyn	*Les filles de Maria.*
2864.	Paule Constant	*La fille du Gobernator.*
2865.	Didier Daeninckx	*Un château en Bohême.*
2866.	Christian Giudicelli	*Quartiers d'Italie.*
2867.	Isabelle Jarry	*L'archange perdu.*
2868.	Marie Nimier	*La caresse.*
2869.	Arto Paasilinna	*La forêt des renards pendus.*
2870.	Jorge Semprun	*L'écriture ou la vie.*
2871.	Tito Topin	*Piano barjo.*
2872.	Michel Del Castillo	*Tanguy.*
2873.	Huysmans	*En route.*
2874.	James M. Cain	*Le bluffeur*
2875.	Réjean Ducharme	*Va savoir.*
2876.	Matthieu Lindon	*Champion du monde.*
2877.	Robert Littell	*Le sphinx de Sibérie.*
2878.	Claude Roy	*Les rencontres des jours 1992-1993.*
2879.	Danièle Sallenave	*Les trois minutes du diable.*
2880.	Philippe Sollers	*La guerre du goût.*
2881.	Michel Tournier	*Le pied de la lettre.*
2882.	Michel Tournier	*Le miroir des idées.*
2883.	Andreï Makine	*La confession d'un porte-drapeau déchu.*
2884.	Andreï Makine	*La fille d'un héros de l'Union Soviétique*
2885.	Andreï Makine	*Au temps du fleuve Amour.*

2886.	John Updike	*La parfaite épouse.*
2887.	Defoe	*Robinson Crusoé.*
2888.	Philippe Beaussant	*L'archéologue.*
2889.	Pierre Bergounioux	*Miette.*
2890.	Pierre Fleutiaux	*Allons-nous être heureux ?*
2891.	Remo Forlani	*La déglingue*
2892.	Joe Gores	*Inconnue au bataillon*
2893.	Félicien Marceau	*Les ingénus*
2894.	Ian McEwan	*Les chiens noirs*
2895.	Pierre Michon	*Vies minuscules*
2896.	Susan Minot	*La vie secrète de Lilian Eliot*
2897.	Orhan Pamuk	*Le livre noir*
2898.	William Styron	*Un matin de Virginie*
2899.	Claudine Vegh	*Je ne lui ai pas dit au revoir*
2900.	Robert Walser	*Le brigand*
2901.	Grimm	*Nouveaux contes*
2902.	Chrétien de Troyes	*Lancelot ou le chevalier de la charrette*
2903.	Herman Melville	*Bartleby, le scribe*
2904.	Jerome Charyn	*Isaac le mystérieux*
2905.	Guy Debord	*Commentaires sur la société du spectacle*
2906.	Guy Debord	*Potlatch.*
2907.	Karen Blixen	*Les chevaux fantômes et autres contes.*
2908.	Emmanuel Carrère	*La classe de neige.*
2909.	James Crumley	*Un pour marquer la cadence.*
2910.	Anne Cuneo	*Le trajet d'une rivière.*
2911.	John Dos Passos	*L'initiation d'un homme.*
2912.	Alexandre Jardin	*L'île des Gauchers.*
2913.	Jean Rolin	*Zones.*
2914.	Jorge Semprun	*L'Algarabie.*
2915.	Junichirô Tanizaki	*Le chat, son maître et ses deux maîtresses.*
2916.	Bernard Tirtiaux	*Les sept couleurs du vent.*
2917.	H.G. Wells	*L'île du docteur Moreau.*
2918.	Alphonse Daudet	*Tartarin sur les Alpes.*
2919.	Albert Camus	*Discours de Suède.*
2921.	Chester Himes	*Regrets sans repentir.*
2922.	Paula Jacques	*La descente au paradis.*
2923.	Sibylle Lacan	*Un père.*

2924.	Kenzaburô Oé	*Une existence tranquille.*
2925.	Jean-Noël Pancrazi	*Madame Arnoul.*
2926.	Ernest Pépin	*L'Homme-au-Bâton.*
2927.	Antoine de St-Exupéry	*Lettres à sa mère.*
2928.	Mario Vargas Llosa	*Le poisson dans l'eau.*
2929.	Arthur de Gobineau	*Les Pléiades.*
2930.	Alex Abella	*Le massacre des saints.*
2932.	Thomas Bernhard	*Oui.*
2933.	Gérard Macé	*Le dernier des Égyptiens.*
2934.	Andreï Makine	*Le testament français.*
2935.	N. Scott Momaday	*Le chemin de la montagne de pluie.*
2936.	Maurice Rheims	*Les forêts d'argent.*
2937.	Philip Roth	*Opération Shylock.*
2938.	Philippe Sollers	*Le Cavalier du Louvre. Vivant Denon.*
2939.	Giovanni Verga	*Les Malavoglia.*
2941.	Christophe Bourdin	*Le fil.*
2942.	Guy de Maupassant	*Yvette.*
2943.	Simone de Beauvoir	*L'Amérique.*
2944.	Victor Hugo	*Choses vues I.*
2945.	Victor Hugo	*Choses vues II.*
2946.	Carlos Fuentes	*L'oranger.*
2947.	Roger Grenier	*Regardez la neige qui tombe.*
2948.	Charles Juliet	*Lambeaux.*
2949.	J.M.G. Le Clezio	*Voyage à Rodrigues.*
2950.	Pierre Magnan	*La Folie Forcalquier.*
2951.	Amoz Oz	*Toucher l'eau, toucher le vent.*
2952.	Jean-Marie Rouart	*Morny, un voluptueux au pouvoir.*
2953.	Pierre Salinger	*De mémoire.*
2954.	Shi Nai-An	*Au bord de l'eau I.*
2955.	Shi Nai-An	*Au bord de l'eau II.*
2956.	Marivaux	*La Vie de Marianne.*
2957.	Kent Anderson	*Sympathy for the devil.*
2958.	André Malraux	*Espoir – Sierra de Teruel.*
2959.	Christian Bobin	*La folle allure.*
2960.	Nicolas Bréhal	*Le parfait amour.*
2961.	Serge Brussolo	*Hurlemort.*
2962.	Hervé Guibert	*La piqûre d'amour et autres textes.*

2963.	Ernest Hemingway	*Le chaud et le froid.*
2964.	James Joyce	*Finnegans Wake.*
2965.	Gilbert Sinoué	*Le Livre de saphir.*
2966.	Junichirô Tanizaki	*Quatre sœurs.*
2967.	Jeroen Brouwers	*Rouge décanté.*
2968.	Forrest Carter	*Pleure, Geronimo.*
2971.	Didier Daeninckx	*Métropolice.*
2972.	Franz-Olivier Giesbert	*Le vieil homme et la mort.*
2973.	Jean-Marie Laclavetine	*Demain la veille.*
2974.	J.M.G. Le Clézio	*La quarantaine.*
2975.	Régine Pernoud	*Jeanne d'Arc.*
2976.	Pascal Quignard	*Petits traités I.*
2977.	Pascal Quignard	*Petits traités II.*
2978.	Geneviève Brisac	*Les filles.*
2979.	Stendhal	*Promenades dans Rome.*
2980.	Virgile	*Bucoliques Géorgiques.*
2981.	Milan Kundera	*La lenteur.*
2982.	Odon Vallet	*L'affaire Oscar Wilde.*
2983.	Marguerite Yourcenar	*Lettres à ses amis et quelques autres.*
2984.	Vassili Axionov	*Une saga moscovite I.*
2985.	Vassili Axionov	*Une saga moscovite II.*
2986.	Jean-Philippe Arrou-Vignod	*Le conseil d'indiscipline.*
2987.	Julian Barnes	*Metroland.*
2988.	Daniel Boulanger	*Caporal supérieur.*
2989.	Pierre Bourgeade	*Eros mécanique.*
2990.	Louis Calaferte	*Satori.*
2991.	Michel Del Castillo	*Mon Frère L'Idiot.*
2992.	Jonathan Coe	*Testament à l'anglaise.*
2993.	Marguerite Duras	*Des journées entières dans les arbres.*
2994.	Nathalie Sarraute	*Ici.*
2995.	Isaac Bashevis Singer	*Meshugah.*
2996.	William Faulkner	*Parabole.*
2997.	André Malraux	*Les noyers de l'Altenburg.*
2998.	Collectif	*Théologiens et mystiques au Moyen-Age.*
2999.	Jean-Jacques Rousseau	*Les confessions (Livres I à IV).*
3000.	Daniel Pennac	*Monsieur Malaussène.*

Composition Interligne.
Impression Société Nouvelle Firmin-Didot
le 15 septembre 1997.
Dépôt légal : septembre 1997.
Numéro d'imprimeur : 39977.

ISBN 2-07-039420-4/Imprimé en France.

73501